차례

사라진 꿀벌

그 당시—막 냉전이 끝나고 거품경제가 붕괴된 무렵이었다—나는 산인 지방의 어느 작은 시골마을에 집 한 칸을 빌려 살고 있었다. 지금은 행정구역 합병으로 이름까지 바뀌어버려서 모르는 사람에게 말하면 흠, 하고 흘려들을 따름이지만, 그 지역을 잘 아는 사람이라면 '왜 하필 그런 곳에?'라며 놀랄 만한, 여하튼 아무것도 없는 동네였다.

이유는 내 건강상의 문제라 자세히 쓰지는 않겠다. 나처럼 문명의 선봉을 지고 밤낮으로 계산만 하고 사는 부류의 인간은 자연 속에서 쉬는 법을 알아야 한다며, 그 지역에 연고가 있는 지인이 거저나 다름없는 값으로 빈집을 소개해준 것이다. 처음에는 한 달에 한 번 정도 아무것도 하지 않고 멍하니 지내다 오려고 찾곤 했는데, 차츰 그러는 횟수가 잦아져 길 때는 석 달이나 그곳에 머물기도 했다.

산이 있고, 작은 개울이 흐르고, 논이 있다. 공기는 맑고, 파란 하늘에는 소박한 표정 같은 구름이 떠 있다. 마을의 묘사는 대략 이 정도면 충분하다. 민가는 오래된 대로 주위에 모여 있다. 봄에는 벚꽃이 아름답게 피는데, 나는 특히 연두색 꽃을 피우는 교이코라는 벚나무에 매력을 느꼈다.

K는 그때 알게 된 우편배달부이다. 조용하고 성실한 청년으로, 피부가 희고 보통 사람보다 훨씬 고왔다. 뭐라고 표현하면 좋을까, 삶은 달걀의 껍데기도 속살도 아닌 중간에 있는 얇은 막 같은 질감인데, 항상 말끔하게 깎은 수염 뿌리가 투명하게 비쳐 보일 정도로 맑았다.

이제는 그의 외모를 자세히 묘사할 수 있을 정도로 떠올리지는 못하지만, 그 흰 피부만은 또렷하게 기억한다. 그 무렵에도 K 얘기가 나오면 으레 "그 왜, 피부 좋은 친구, ……"라고 말하곤 했다. 우편배달부는 하루종일 밖에서 일하기 때문에 원치 않아도 햇볕에 그을리기 마련인데, K는 한여름에도 살짝 붉은 기만 돌다가 다음날에는 다시 새하얀 피부로 돌아오곤 했다.

나는 처음에는 마을 사람들과 교류할 생각이 없었다. 그러나 부재중에 온 편지나 택배 등을 찾으러 몇 번 우체국을 오가다가 그곳 국장과 친해졌다. 그리고 마을 사람들이 나를 마뜩잖게 여긴다는 사실을 알게 되었다. 풍채 좋고 복스럽게 생긴 국장은 그 뒤로 내가 가까이 사는 사람들과 최소한의 관계를 맺을 수 있도록 다리를 놔주었다. 나도 이웃과 인사 정도는 주고받기로 생각을 바꾸었다. 그러다 K를 비롯한 우체국 직원들과도 말을 트게 되었고, 몇 번인가 그들의 회식 자리에 초대받기도 했다.

K는 내가 그때까지 만났던 사람들 중 가장 표정이 없는 청년이었지만, 신기하게도 악감정은 느껴지지 않았다. 예컨대, 대부분의 동물은 표정이 없지 않은가. 마을에서 우연히 마주치는 다람쥐나 참새는 내게 절대로 미소를 짓지 않지만 그렇다고 화가 나지는 않는다. K는 내게 그런 존재였고, 다람쥐나 참새와 다를 바 없이 조용한 그의 생활을 멍하니 바라보노라면 내 마음까지 차분해지는 듯한 기분이 들었다.

실제로 나는 K의 커브* 소리가 가까워지면 곧잘 창밖으로 시선을 돌리곤 했다. 그것은 일종의 동물의 발소리이자 벌레의 날

* 일본 혼다 사의 오토바이.

갯짓 소리였다.

어느 여름날, 늘 곧게 편 그의 등에 참매미 한 마리가 앉아 있던 모습을 나는 기억한다.

칠 년이나 마을의 흙을 먹으며 살아온 그 매미가 최초의, 그리고 짧은 비상의 휴식처를 절묘하게 골랐다고 생각했다.

교이코 나무의 줄기와 K의 등. ―그 사이에는 과연 어떤 차이가 있었을까.

K의 집안과 성장 배경은 국장이 알려주었다.

그는 이 마을 양봉 농가의 둘째 아들이었다. 우체국에서 일을 시작한 지 얼마 안 되어 양친이 잇달아 세상을 떠나고 장남이 가업을 이었는데, 사 년 후 난데없이 이백 개의 벌통에 애벌레만 남고 벌들이 모조리 사라지는 불행에 맞닥뜨려 폐업했다. '벌집 군집 붕괴현상'이라고 하는 모양인데, 당시는 그런 용어조차 없던 시절이라 K의 형은 근처 농가에서 뿌린 농약의 영향이라 생각하고 소송을 제기했다.

평온하던 마을에서 재판은 이례적인 일이었다. 피고와 원고는 서로 노골적으로 적의를 드러냈고 법정 밖에서도 고성이 오가는 싸움을 벌였지만, 결국 농약과 꿀벌 소멸의 인과관계가 입증되지 않아 원고가 패소했다.

장남은 항소하지 않고 마을을 떠났다. K는 혼자 그 집에 남았다.

내가 처음 만났을 때 그는 이십대 후반이었다. 독신이고, 생활 주변에 사랑의 기운이라고는 느껴지지 않았다.

K는 마을 사람들에게 동정을 받았다. 승소하긴 했지만 아무래도 뒷맛이 찜찜했던 예의 이웃 농가에서도 K를 다정하게 대하며 체면과 속내, 양쪽의 균형을 잡으려 했다. 그런 태도는 사람들에게 훌륭하다며 존경받았다. 나도 아는 사람이었는데, 누명을 쓴 측의 겸허함이란 것을 그때 처음 이해했다.

마을 사람들이 K의 특별한 능력을 알아챈 것은 판결로부터 이 년쯤 지났을 무렵이었다. 내가 그 마을을 오가기 시작한 지 얼마 되지 않아서다.

가장 먼저 놀란 것은 초등학교 5학년 남자아이였다.

학교에서 반장이었던 그 아이는 오사카로 전학 간 친구에게 반 아이 모두의 사진을 붙이고 각자 한마디씩 적은 앨범을 보내주는 큰 역할을 맡게 되었다. 그런데 얼마 후 너덜너덜해진 봉투에 '수취인 불명' 도장이 찍힌 채로 앨범이 되돌아왔다. 우편함에 들어가지 않는 크기라 K가 그 봉투를 소년에게 직접 건네주었다.

당황해하는 소년을 딱하게 여긴 K는 그 자리에서 주소를 확인하고, 번지를 잘못 썼다고 알려주었다. 그리고 새로운 소포 배달 전표를 직접 써서 다시 접수해주었다.

소년의 눈이 휘둥그레진 까닭은 K의 글씨가 제 필적과 완전히 똑같아서였다. 아이는 잘은 몰라도 일종의 서비스일 거라고 받아들였다. 어른의 손을 빌리지 않고 직접 전표를 쓴 것으로 보이도록. 저녁 식탁에서 먹지로 베껴 쓰인 영수증을 보여주며 그 얘기를 하자 부모는 둘 다 의아해하는 표정을 지었다.

"그 배달부가 일부러 네 글씨를 흉내내서 썼다고?"

"응, 원래 봉투를 옆에 놓고 보면서 쓱쓱 쓰던데."

"정말로 네 글씨가 아니야?"

"아니라니까. 우편배달부 아저씨가 쓴 거야."

다음으로 알아차린 사람은 옛날에 초등학교 근처에서 서예학원을 운영했던 노파였다.

여든이 넘은 그녀는 요즘 들어 영 예전 같지 않은 자신의 필체로 근심하고 있었다. 그런데 손자에게 보낼 커다란 박스를 수거하러 집으로 온 K가, 배달전표 빈칸에다 그녀의 떨리는 필적을 똑같이 써낸 것이다.

앞서 말한 소년과 달리 그녀는 그 일로 큰 상처를 받았다. 그 자리에서는 잠자코 있었지만, 나중에 도저히 참을 수가 없어서 전표 영수증을 움켜쥐고 우체국으로 달려가 항의한 것이다.

그녀의 얘기는 두서가 없었다. 무리도 아니다. 단순한 일이라도 제대로 설명하기는 쉽지 않은 문제다. 결국 그녀는 답답한 심정에 울음을 터뜨렸다. 가까스로 사정을 이해한 우체국 직원들이 K가 썼다는, 소포 내용물을 표기한 '과자, 의류, 인형'이라는 글씨를 돌려봤는데, 역시나 노파가 직접 쓴 수취인 이름이나 주소의 필체와 분간이 가지 않았다.

"선 채로 쓰다보니 손이 좀 떨린 거겠죠. 절대 어르신을 놀릴 생각으로 흉내낸 건 아닐 겁니다. 그래도 좀더 정성껏 쓰지 않고. 제가 단단히 주의를 주겠습니다. 정말 죄송합니다."

국장이 그렇게 노파를 달랬다. 노파는 수긍을 했는지 못했는지, 그뒤로 자신의 고독에 대해 한바탕 푸념을 쏟아놓고 돌아간 모양이었다.

이 같은 일련의 이야기를 국장에게 듣고서도, 처음에는 무슨 뜻인지 잘 이해되지 않았다.

"그러니까, 뭐가 어떻다는 얘기죠?"

그렇게 묻자 국장은 내게 보여주려고 가져온 종이 한 장을 내밀었다.

흰색 A4 용지에 보험 설명으로 보이는 글귀가 일고여덟 줄 쓰여 있었다. 손글씨였다.

"이거, 첫머리 몇 줄은 내가 썼지만 중간부터는 K가 쓴 거예요. 어디부터 다른지 알겠어요?"

나는 눈을 휘둥그레 떴다. 전혀 분간할 수가 없었다.

노파가 돌아가고 K가 돌아오자 국장은 그와 얘기를 나눴다. K는 '모욕을 당했다'는 표현에는 몹시 놀라 부정했다. 그리고 노파가 가져온 전표 영수증을 뚫어져라 바라보았다. 국장은 '갑자기 신경이 쓰이더라'고 했다. 그래서 근처에 있던 생명보험 광고지의 글귀를 FAX 용지에 몇 줄 베껴 썼다. 그리고 펜을 멈춘 후, "이것도 흉내내서 쓸 수 있나?"라며 K에게 내밀었다. K는 잠깐 망설이다가 이내 시키는 대로 여백에 광고지의 다음 문장을 써 내려갔다. 술술 막힘없이.

"여기부터예요, K가 쓴 부분이."

국장이 팔을 뻗어 셋째 줄 중간을 손가락으로 가리켰다. 나는 그제야 K의 특별한 능력을 이해하고 어안이 벙벙해졌다. 국장의 통통한 손가락은 필체가 바뀐 지점을 정확히 짚어내지 못했다. 나는 구체적으로 어느 부분부터 K가 이어 쓴 것인지 가려내려 했다. 종이를 얼굴 가까이 가져왔다 멀리 떨어뜨렸다 하며 한참을 살펴봤지만, 도무지 알 수가 없었다.

K는 어떤 사람의 필적이든 불과 몇 줄만 보고도 그 자리에서 완벽하게 모방할 수 있었다. 사실 적혀 있는 글자뿐 아니라 적혀 있지 않은 글자까지 똑같이 써내니 모방 그 이상의 능력이었다. 남의 말투를 그런 식으로 흉내내는 건 모를까, 필적을 똑같이 따라 한다는 얘기는 들어본 적이 없다. 워낙에 의심이 많은 나는 도무지 믿기질 않아서 시험 삼아 "루돌프 사슴 코는 매우 반짝이는 코~"라는 크리스마스캐럴 가사를 몇 줄 쓰고 이어지는 부분을 K에게 써달라고 부탁했다. 마침 크리스마스를 앞둔 시기인데다 가사도 긴 편이라 적당하겠다는 두 가지 이유에서였는데, 며칠 후 나는 좀 섬뜩해질 정도로, 아무리 봐도 내가 직접 썼다고밖에 할 수 없는 필체로 K가 끝부분까지 가사를 써온 종이를 건네받았다. 그것도 우편물을 배달하러 온 K 본인에게.

이렇게 시험하는 짓을 해서 미안하다고 사과하니 그는 그저 그 아름다운 뺨에 어렴풋이 미소를 머금을 뿐이었다. 나는 한동안 그 종이를 간직하고 있었다. 그러다 어느 날 다시 보고서 '어?' 하며 헷갈린 뒤로는 어디부터가 K가 쓴 구절인지 잊어버리고 말았다.

알아챈다는 현상이란 묘해서 일단 누구 한 사람이 알아채면 관계없는 여기저기서도 다들 일제히 알아채게 되는 모양이다. 그리고 왜 지금까지는 몰랐을까 싶어 고개를 갸웃하고, 곰곰이 되짚어보고, 실은 이미 알고 있었다고 깨닫기도 한다.

필시 K 자신도 그중 한 명이지 않았을까. 그는 아마 자신의 특별한 능력을 전혀 자각하지 못했을 것이다. 그렇게 생각하게 된 근거가 있는데, 그건 좀더 나중에 이야기하겠다.

나는 K의 소꿉친구라는 사람에게 그가 어릴 적부터 그랬느냐고 물어보았다. 그러나 그 사람은 모르는 얘기라고 했다. K의 글씨가 어땠느냐고 물어보니 실소를 흘리며 "아니, 초등학교 동창의 글씨를 어떻게 기억합니까? 게다가 누구든 어릴 적에는 글씨가 서툴고, 계속 바뀌어가잖아요"라고 했다.

지극히 당연한 얘기였지만, 사실 나는 학급문집 등을 토대로 몇몇 친구의 필적은 지금까지 기억하고 있다. 그러나 그들의 글씨도 지금은 전혀 다를 것이다.

K의 진짜 필적은 알 수가 없었다. 그가 일부러 남의 글씨를 모방하는 것이 아니라, 의지와 상관없이 가장 최근에 본 손글씨와 필적이 같아져버리는 듯했기 때문이다.

그렇다보니 정작 그 자신의 필적은 수없이 덧씌워져 이제는 돌이키기가 불가능해진 것이다. 이상한 소리지만, K를 보고 있으면 언제 어디서나 똑같은 필적을 재현할 수 있는 내가 오히려 특별한 능력의 소유자가 아닐까란 생각도 들었다. 나는 어떻게 견본도 없이 어제와 똑같은 글씨를 쓸 수 있는 걸까?

어쨌든 K의 그런 특별한 능력은 마을 사람들의 경탄의 대상이 되었지만, 딱히 크게 써먹을 데는 없었다. 국장은 내게 "뭐, 술자리의 여흥거리쯤은 되겠지만, K는 술도 안 마셔서 말이죠"라며 웃었다. 당시 인터넷이 있었다면 누군가 한가한 사람이 이 얘기를 퍼뜨렸을지도 모르지만, K의 존재를 아는 이들은 마을 사람들뿐이었다.

K는 변함없이 조용하고 성실한 우편배달부였다. 일거수일투족이 자연 그 자체인 것처럼 내 마음을 평온하게 해주는, 피부가 희고 고운 이십대 후반의 청년이었다.

그로부터 사 년이 흘렀다. 삼십대가 된 K는 여전히 독신이면서 이렇다 할 소문도 없었고, 아직 그럴 나이까지는 아니지만 서서히 고독이 눈에 띄기 시작했다.

그날은 황금연휴 사이에 낀 평일이었다. 이른 오후 시간, 이 마을 출신으로 지금은 도쿄에서 사는 중년 남자가 핏대 선 얼굴로 우체국에 쳐들어왔다. 내가 쓰는 이야기는 거의 국장에게 전해들은 것이지만, 이때는 우연히 소포를 보내러 간 참에 직접 그 광경을 목격했다.

"K 나오라고 해!"

그는 존칭도 없이 K의 이름을 외쳤다. 공교롭게도 배달을 마친 K가 막 들어오던 참이었다.

"이거 네가 썼지!"

다들 그 한 장의 종이를 뚫어져라 바라보았다. 유언장 사본이었다.

K는 흔들리는 눈동자로 명백히 동요를 드러내며 우두커니 서 있었다. 국장이 "무슨 일이십니까?" 하며 웃는 얼굴로 끼어들어 사정을 물었다. 남자의 주장은 이랬다.

몇 년 전 아버지가 병환으로 드러누웠고, 마을에 사는 동생 부부가 간병을 맡아왔다. 어머니는 돌아가시고 안 계신다. 장남인 나는 도쿄로 대학을 가서 취직했는데, 그건 아버지도 원하던 바였다. 고향집에 가끔 내려왔고, 아버지와의 관계도 양호했다. 그런데 이번에 아버지가 돌아가시자 동생 부부가 자신은 듣도 보도 못한 유언장을 내밀었다. 밭이나 산지 같은 대부분의 유산을 동생 부부에게 물려준다는 내용이었다. 어떻게 그럴 수가 있나? 그런 언질은 한마디도 없었다. 이 필적은 아버지 것과 비슷하지만, 분명 K가 쓴 것이다. K는 항상 본가에 우편물을 배달했고, 동생 부부와도 면식이 있다. 뒷돈을 받고 유언장을 위조한 것이 틀림없다. ……

남자는 벌게진 두 눈을 부릅뜨고 기염을 토했다. 나는 말도 안 되는 생떼라고 생각했다. K가 돈에 눈이 멀어 그런 악랄한 계략에 가담했을 리가 없다. 사실 그에 대해 잘 알지도 못하면서, 왠지 모르게 그런 확신이 들었다.

그런데 이때부터 사태가 예기치 못한 방향으로 굴러갔다.

K는 유언장 위조를 부정했다. 그러나 동생 부부의 부탁으로 몸져누운 아버지의 대필을 몇 번 해준 적은 있다고 했다. 그 말에는 나도 놀랐고, 설령 그랬을지라도 이런 상황에서 굳이 밝힐 필요는 없지 않느냐며 무심코 K의 입을 틀어막고 싶어질 지경이었다. 아니나 다를까 성난 소리를 지르며 우체국에 쳐들어왔던 형은 머리끝까지 흥분한 상태에서도 어딘가에 조금쯤 남아 있었을 한 줌의 망설임—요컨대 터무니없는 누명을 씌우고 있는 건지도 모른다는 불안—을 완전히 날려버렸다. 한순간 멍한 표정을 짓더니 그는 고래고래 소리를 질렀다.

"지, 지금 네 입으로 분명히 말했지? 엉? 국장님도 들었죠? 인정했어! 인정한 거야!"

K는 그뒤로 유산을 놓고 소송을 벌인 형제간의 진흙탕 싸움에 말려들어 심신이 몹시 피폐해졌다. 그의 증언은 한결같았다. 형제의 아버지가 친구에게 편지를 쓰고 싶다고 해서 구술필기를

도왔다. 필적이 여전하면 상대가 괜한 걱정을 하지 않을 거라고 하기에, 도와주고 싶은 마음에서였다. 그러나 유언장 위조 얘기는 사실무근이다.

유언장의 필적감정도 여러 번 이뤄졌는데, 모두 고인의 글씨가 틀림없다는 판정이었다. 그런데 그 감정인이 K가 다른 데서 쓴, 다른 사람의 필적을 모방한 글씨 역시 본인의 것으로 오인해버리는 바람에 분규가 일어났다.

판결은 결국 유언장을 진본으로 인정했다. 그러나 패소한 형뿐 아니라 마을 사람 몇몇도 이유는 모르겠지만 그 사실을 믿지 않았다. K는 그뒤로 온갖 억측에 시달릴 대로 시달렸다. 그의 아름다운 뺨은 지는 꽃처럼 시들어갔다.

나는 그때까지 K와 별로 가까운 사이가 아니었다. 아니, K와 친분이 각별한 사람 자체가 없었을 것이다. 몇 번 함께 식사라도 하자고 청해본 적이 있지만 매번 "고맙습니다. 그런데 오늘은 좀, ……"이라는 거절이 돌아왔다. 딱히 사람들이 피해다니는 것도 아니고 국장을 비롯해 일상생활을 챙겨주려는 사람도 있었지만, 오히려 K 쪽에서 받아들이지 않았다.

그래도 나는 상처받은 그를 위로하기 위해 소송이 진행중일 무렵부터 이따금 그의 집을 찾아가곤 했다. 그가 쉬는 날은 일요일과 수요일이었는데, 수요일에는 차를 타고 어딘가로 외출해 집을 비웠기 때문에 나와 만나는 건 항상 일요일이었다.

K는 나를 절대 집안에 들이지 않았다. 차 한잔 내주지 않았고, 현관 앞이나 툇마루에서 내가 건네는 이런저런 말에 그저 맞장구를 칠 뿐이었다.

그렇다고 꼭 귀찮게 여기는 기색도 아니었다. 다른 이들이 찾아갔을 때는 집에 있으면서도 없는 척하곤 했는데 그러지 않은 것은 분명 내가 타지 사람이라서였을 것이다. 돌아갈 때는 항상 보이지 않을 때까지 마당 앞에서 배웅해주기도 했다. 기쁜 마음에 내가 손을 흔들어도 절대 마주 흔들어주지는 않았지만.

그래도, 스스로도 이유를 잘 모르겠지만 나는 K가 마음에 들었다. 나는 한번 상대를 '괴짜'라고 판단하고 나면 웬만한 일에는 화가 나지 않고 오히려 재미있어하는 편이었다.

그런데, 나중에 돌이켜보고 하는 얘기지만, 그해 설날 내 주위에서 한 가지 징조가 보였다. 그러나 그때는 알아채지 못했다.

내가 빌려 쓰던 집은 겨울에 심상치 않을 정도로 추워서 연말연시를 그 집에서 보낸 것도 그해가 처음이었다. 연하장을 마흔 통쯤 써서 마을 우체통에 넣었는데, 그중 한 통이 '수취인 불명'으로 되돌아왔다. 상대는 고등학교 동창으로, 딱히 친하지도 않았는데 왠지 모르게 계속 연하장을 주고받는 사람 중 하나였다.

나는 배달되지 못한 그 연하장을 석유난로 옆에서 바라보다가 뭔가 이상하다고 느꼈다. 그리고 미리 인쇄된 '근하신년'이니 '한 해 동안 감사했습니다'라는 구절 옆에 자필로 덧붙여 쓴 부분을 보고 미간을 찡그렸다. 이런 문장이었다.

'건강하게 잘 지내나? 나이 탓인지 해가 갈수록 사귀기가 지는데, 이쪽에 올 일 있으면 연락해. 이야기에 젖어들고 싶다.'

내가 취했었나? '사귀기가 지는데'라니, 대체 무슨 소리지? 말도 안 되는 탈자였다. 원래는 이렇게 쓸 생각이었다.

'건강하게 잘 지내나? 나이 탓인지 해가 갈수록 사람 사귀기가 어려워지는데, 이쪽에 올 일 있으면 연락해. 추억 이야기에 젖어들고 싶다.'

이처럼 소원해진 친구에게, 인쇄된 구절과 별다를 바 없이 뻔한 소리를 써 보냈던 것이다.

그러다보니 뭐가 잘못된 걸까? 이 짧은 문장에 '사람' '어려워' '추억' 세 단어나 빠져 있다니.

나는 스스로에게 어이가 없어서 장난 삼아 엽서를 흔들어보았다. 그러면 더 많은 글자들이 떨어져내리지 않을까 쓴웃음을 지으면서.

조금 있자 점점 무서워졌다. 이 마을에서 보낸 시간 덕분에 내 건강이 꽤 좋아졌다고 느끼던 참이었다. 그런데 실은 생각지도 못한 쪽으로 악화된 건 아닐까.

봄이 찾아옴과 함께 나는 다시 이 주 정도 머물 예정으로 그 마을에 갔다. 기대했던 교이코 나무는 아직 꽃봉오리만 맺힌 상태였다.

그날은 살짝 흐리고 쌀쌀한 일요일이었다.

점심을 먹고 방바닥에서 한가롭게 뒹굴고 있는데, 우체국 국장에게서 전화가 왔다. 상담할 일이 있다고 했다. 어지간히 한가한 어떤 사람이 연하장을 보내기 전에 '세뱃돈 복권*' 번호를 모두 메모해두었고, 올해 처음 1등에 당첨됐는데 아직 아무런 연락이 없다며 우체국에 항의한 것이다. 보나마나 그 괴짜 우편배달부가 훔친 게 틀림없다면서.

나는 세상에 별사람도 다 있구나 싶어 웃으며 들었는데, 국장의 얘기는 그게 끝이 아니었다. 우편물을 못 받았다는 얘기는 딱히 없으니 괜찮겠지 했던 국장은 그래도 영 찜찜해서, 3등인 '우표 시트'에 당첨되어 따로 보관해둔 미사용 연하장 엽서를 다른 이름으로 친구에게 보내보았다. 그러자 놀랍게도 친구가 받은

* 연하장에 복권처럼 일련번호를 붙이고 1월에 추첨해 상품을 주는 것.

엽서의 복권 번호가 미리 메모해둔 것과 달랐다는 것이다.

"그러니까, 뭐가 어떻다는 얘기죠?"

"글쎄, K는 필적 모사를 할 수 있잖습니까? 당첨된 엽서를 슬쩍하려고 바꿔친 게 아닐까 싶어요."

"국장님의 엽서 필적을 모방해서요? 설마 그런 교활한 짓을.……안 그래요? 생각해보세요, 연말에 우편물을 수집할 시기에는 어느 엽서가 당첨될지 아직 모르잖습니까. 복권 당첨 발표는 새해가 지나야 하잖아요."

"그럼, 이 상황은 어떻게 설명하죠?"

그 질문에는 나도 말문이 막혔다. 국장은 자신이 지금 K에게 사정을 물어보러 가는 길인데 함께 가줄 수 있겠느냐, 당신에게는 마음을 연 것 같다고 말했다. 나는 그의 요청을 받아들였다. 다만 나에게 마음을 열었다는 것은 오해니까 기대는 하지 말라고 못박아두었다.

K의 집 마당에는 튤립이 피어 있었다. 대문도 담장도 없는 시골집이라 자연히 안으로 들어선 내 눈앞으로 꿀벌이 날아들어 엉겁결에 몸을 뒤로 젖혔다. 현관으로 가는 길바닥에는 어찌된 영문인지 깨진 화분 조각이 잔뜩 흩어져 있었다.

초인종을 눌러도 반응이 없었다. K는 일요일에는 늘 집에 있으니 일부러 없는 척하는 게 아닌가 싶었다. 미닫이문에 손을 대보니 잠겨 있지는 않았다. 나는 국장과 얼굴을 마주보고 말없이 고개를 끄덕였다.

일단 현관에서 그를 불러보고, 집안으로 들어갔다.

혹시 무슨 일이 생겼나 걱정됐지만, 동시에 K가 어떻게 생활하고 있는지 엿보고 싶은 욕구도 부정할 수 없었다. 모르긴 해도 국장도 마찬가지였을 것이다.

제법 오래되고 낡은 집이라 걸음을 내디딜 때마다 마룻바닥의 판자가 파도치듯이 삐걱거렸다. 살림살이가 전혀 없어 빈집으로 오해할 수도 있을 정도였지만, 마루 틈새와 바닥에는 티끌 하나 보이지 않았다.

나란히 이어진 거실과 부엌에는 예사롭지 않은 수의 꿀병이 빽빽하게 늘어서 있었다. 빈병도 있고, 아직 따지 않은 병도 있었다. 탁자에는 그것을 빵에 발라 먹은 흔적이 남아 있었다. 국장은 연민에 잠긴 듯한 표정이었다.

2층에는 방이 세 개 있었는데, 장지문을 열어보니 하나는 침실, 또하나는 창고처럼 쓰는 방이었다. 나머지 한 방에는 앞뒤로 여닫는 문이 달려 있었다. 집안에서 그 방만 그랬다.

우리가 그 문손잡이를 돌린 것은, 안에서 인기척이 전혀 느껴지지 않았기 때문이었다.

국장이 천천히 문을 밀자 끼익 소리가 났다. 한 발짝 안으로 내디딘 그가 "뭐야, 이게……" 하며 우뚝 멈춰 섰다.

나는 국장의 펑퍼짐한 등을 슬쩍 밀고 고개를 내밀었다. 그리고 나 역시 경악하고 말았다.

좁은 방의 세 벽면에 철제 선반이 달려 있고, 어마어마한 분량의 관제엽서가 겹겹이 쌓여 있었다. 국장은 몽유병 환자 같은 걸음걸이로 선반 앞으로 다가가 머뭇머뭇 눈앞의 엽서 다발 하나를 집어들었다. 그러고는 대충 훑어본 후 "아아, ……어쩌자고 이런 짓을" 하며 절망적인 한숨을 내쉬었다.

나도 확인해보았다. 그것은 분명 배달되지 않은 엽서 더미였고, 각기 다른 필적으로 전국 방방곡곡의 주소와 수신자가 적혀 있었다. 발신자가 마을 사람들인 것을 보니 이곳으로 온 것이 아니라 나가는 것들을 모아놓은 듯했다.

K가 해선 안 될 짓을 하고 있다고 직감해서일까, 나는 갑자기 뻔뻔해져서는 서슴없이 방안으로 들어가 한 치의 어긋남 없이 가지런히 쌓아둔 관제엽서 더미를 손이 닿는 대로 살펴보았다. 수집한 순서대로 쌓아놨는지 날짜순으로 정리되어 있었다. 소인은 찍히지 않았지만, 보내는 이가 자필로 날짜를 써넣은 것을 보면 그랬다. 창가의 로즈우드 책상 옆 선반이 가장 오래되어 보였는데, 보아하니 사 년 전부터 모아온 듯했다.

"사 년씩이나!"

국장은 털 짧은 카펫이 깔린 바닥에 주저앉아 머리를 감싸쥐었다. 사태가 이 지경이면 필시 관리자도 책임을 면할 수 없으리라. 나는 사람 좋은 국장이 안쓰러웠다.

"그나저나 왜 지금껏 눈치를 못 챘죠? 이만큼이나 쌓아뒀으면 아무래도 불만이 접수됐을 법한데."

국장이 핏기 가신 얼굴을 들었다. 어마어마한 엽서의 양에 압도되어 잠시 잊고 있었지만, 우리는 애당초 이곳에 온 이유를 거의 동시에 떠올렸다.

"K가 전부 베껴 쓴 것 아닐까요?"

"이거 전부요? 그렇다면 우송은 제대로 된 건가?"

나는 엽서 열 장 정도를 양손에 쥐고 부채처럼 펼쳐보았다.

누가 봐도 각기 다른 열 사람의 필적이었다. 필기구도 볼펜부터 만년필, 매직펜, 붓펜 등등 가지각색이었다. K의 책상을 보니 역시나 볼펜부터 만년필, 매직펜, 붓펜 등등 온갖 필기구가 갖춰져 있었다.

나는 국장에게 눈짓을 했다.

"그렇지. 우리 우체국에서도 매일 빠짐없이 우편물을 보내고 있으니까. 그렇다면 이건 어느 쪽이지? 복사본과 원본, K는 대체 어느 쪽을 모아둔 거야?"

나는 철제 선반 끝으로 가서 가장 최근의 엽서 다발을 끄집어 냈다. 그리고 때 지난 연하장 한 장을 국장에게 보여주었다. 얼이 빠져 있던 그가 이윽고 엽서로 손을 뻗으며 일어섰다.

"이거예요, 내가 얼마 전에 보낸 연하장! 가만, 그런데 이 글씨는, 이게 내 필적인가? 아, 복권 끝자리가 73! —그렇다면 원본이 여기 쌓여 있다는 거야?!"

나는 그것이 죄의 경중에 무슨 영향을 줄까 생각하며 작년 연말에 수거되었을 연하장 다발을 찾아보았다. 고무줄로 묶인 엽서 다발이 쌓여 있었다. 하나하나 들춰보자 내가 보낸 연하장도 그 안에서 발견되었다. 여러 사람의 필적 사이에서 내 글씨를 바로 알아볼 수 있었다. 그중에는 고등학교 친구에게 보낸 연하장도 있었다. 내가 직접 손으로 쓴 문장에는 빠진 글자가 하나도 없었다.

우리는 K의 모습이 보이지 않는다는 사실에 갑자기 불안해졌다. 이름을 부르며 다시 집안을 이리저리 찾아봤지만 어디서도 보이지 않았다. 국장은 장지문을 열 때마다 무슨 끔찍한 광경이라도 펼쳐지지 않을까 두려워하는 눈치였다.

우리는 경찰에 신고해야 할지 얘기하면서 마당으로 나가 집 뒤편으로 돌아갔다. 차고에는 자동차가 있었다. 헛간 안쪽으로 시선을 돌리자, 어스름 속에 홀로 오도카니 웅크려 앉아 있는 K가 보였다.

우리는 잰걸음으로 다가갔다.

벌써 몇 년째 사용하지 않은 낡은 양봉용 벌집이 수북이 쌓여 있었다. 그 광경이 조금 전에 본 엽서 요새를 떠올리게 했다.

K 주위에는 꿀벌 몇 마리가 날아다녔고, 그는 오른쪽 손등에 내려앉은 벌 한 마리를 꼼짝 않고 지켜보고 있었다.

"벌들이 조금 돌아왔어요."

K는 누구에게랄 것 없이 중얼거렸다. 국장은 퍼뜩 정신을 차린 듯 방금 우리가 보고 온 것들에 대해 추궁했다.

"적힌 주소로 빠짐없이 사본을 보냈어요." K는 돌아보지 않은 채로 대답했다. "원본은 전부 보관해뒀고요."

"어쩌자고 그런 짓을 한 거야?"

국장의 말투가 하릴없이 엄해졌다. 그때였다. K가 몸을 부르르 떨며 일어서더니 손등에 앉아 있던 꿀벌을 떨쳐냈다. 그 얼굴은 내가 지금껏 봐온 K의 표정 중 가장 인간적이었다. 그러나 거기에 생생하게 드러난 감정이 매우 오랜 시간을 거쳐온 분노라는 사실에 나는 몹시 안타까운 심정이 되었다.

K는 몰라보게 창백해진 뺨에, 눈은 반대로 벌겋게 충혈되어 우리 둘을 번갈아 노려보았다. 나는 혹시나 그에게 멱살을 잡힐

까봐 방어 자세를 취했다. 국장도 기세에 눌려 멈칫거렸다.

그러나 잠시 후, K는 아무 말 없이 고개를 숙이더니 제 오른쪽 손등으로 시선을 떨어뜨렸다. 거기에는 가느다란 벌침 하나가 꽂혀 있었다. K는 그것을 조용히 뽑아 내 눈앞으로 내밀었다.

나는 어떡해야 할지 몰라서 그저 그 벌침을 바라보았다. 저 벌은 죽었겠구나 생각하며.

K는 우편법 위반 혐의로 체포되었다. 법원은 K의 정신감정을 의뢰했고 결심공판까지 일 년이나 걸린 끝에 징역 이 년 육 개월의 유죄판결을 내렸다. 죄목은 '우편물 은닉죄'였다. 집행유예도 아닌 생각보다 무거운 판결에 동요해 나는 K를 가엾게 여겼다.

국장은 사태에 책임을 지고 사직했다. 당연히 매스컴에서도 이 사건을 다루었지만, 요즘처럼 인터넷이 없는 시대였기에 사람들의 관심은 빠르게 다른 곳으로 옮겨갔다.

K는 자신의 특별한 능력을 깨달은 사 년 전부터 담당 구역에서 수거한 우편물 중 손글씨로 쓴 관제엽서만 골라 집으로 가져갔고, 매일 열심히 필사를 해온 모양이었다. 물론 보낸 이와 판에 박은 듯이 똑같은 필적으로. 왜 관제엽서만 골랐는지는 알 수 없지만, 나름대로의 원칙 같은 것이 있었으리라. 많은 날에는 하루에 육십 장 넘게 베껴 쓴 듯한데, 평균적으로 보면 연간 만 통

남짓이었다고 한다. 관제엽서의 두께는 0.20~0.22밀리미터라고 하니 사 년간 총 사만 장을 쌓아올리면 8미터나 된다. 그게 바로 방 선반에 빽빽하게 채워져 있던 엽서들이다.

사람들도 만나지 않고 잠자는 시간까지 아껴가며 매일 밤 필사를 계속하고, 원본은 자기 집에 남겨두고 다음날 그 사본을 우체국으로 들고 갔다. 때문에 마을에서 보낸 엽서는 언제나 하루 늦게 도착했지만, 그에 대한 불만은 사 년 동안 단 한 건도 접수되지 않았다.

K는 쥐꼬리만한 수입의 상당 부분을 엽서와 필기구 구입에 소비했다. 엽서만 쳐도 한 달에 오만 엔가량이었고, 휴일인 수요일이면 차를 몰고 마을을 벗어나 여기저기서 엽서를 사 모았다고 한다. 자주 들르는 우체국이나 잡화점에서는 유명인이었던 모양이다.

K가 모아둔 엽서들은 모두 사과문과 함께 수신인에게 배달되었다.

국장은 그 고충이 어땠는지 내게 알려주었는데, 사 년간 그토록 엄중하게 보관된 마을 사람들의 엽서를 보고 있자니 끝내 뿔뿔이 배달되어버리는 것이 아깝게 느껴지기까지 했다고 한다.

엽서를 보냈던 마을 사람들은 K에게 분개했고, 한동안 어디를 가나 그 얘기뿐이었다. 한편 전국에서 몇 년 만에 원본 엽서를 받아든 사람들은 K라는 인간의 존재를 알고 경탄했지만 그 반응은 제각각이었다. 불쾌해하는 사람이 있는 반면, 웃어넘기는 사람도 의외로 많았던 모양이다.

국장이 한탄을 섞어 해준 얘기에 따르면, 실은 상당수가 예전에 받은 K의 필사 엽서를 이미 버려버렸다나.

"그게 보통일까요? 나는 직업 때문인지, 남에게 받은 손글씨 엽서는 절대 안 버리는데."

국장은 그렇게 말하며 어깨를 움츠렸다. 아직 엽서를 간직하고 있던 사람들은 K의 특별한 능력에 눈이 휘둥그레졌다. 실제로 두 엽서를 나란히 놓고 보면, 소인만 없으면 어느 쪽이 원본인지 전혀 분간되지 않았다.

그런데 차츰 시간이 지나며 또 한 가지 사실이 밝혀졌다.

K는 단순히 필사만 한 것이 아니었다. 처음에는 그랬지만, 점차 독자적인 검열을 거치게 된 것이다. 예전 엽서를 보관하고 있던 사람들의 증언에 따르면 K의 필사에는 간혹 빠진 글자가 보였고, 게다가 해가 갈수록 그 수가 늘어갔다. 아마 의도적이었을 것이다. 당연히 그 사실을 알아챈 사람도 있었지만, 보통은 깊이 생각하지 않고 넘어갔다.

예를 들어 K는 문장에 '악惡'이라는 한자가 들어 있으면 그것을 빼고 필사했다. 그런 한자를 엽서에 쓸까 싶겠지만, '건강이 나빠져서'라거나 '시기가 안 좋아서' 등등 일상적인 문장에 의외로 자주 나오는 모양이었다. 그밖에 '증憎'이나 '독毒'처럼 부정적인 뜻을 담은 한자들도 그랬다. 그런 건 그나마 이해가 가는데, 최근에는 '우연偶然'이나 '화花' '전傳' 등 언뜻 보기에는 왜 걸러냈는지 알 수 없는 한자도 포함되어 있었다.

나에게 돌아온 탈자투성이 연하장은, K의 검열이 가장 엄격해진 말기의 산물이었다.

국장이 마지막으로 보내준 연하장에 따르면, K는 복역을 마친 뒤 마을에서 모습을 감추었고 그뒤로 한 번도 돌아오지 않았다고 한다. 비어버린 집은 멀리 사는 형이 처분했다.

나는 K가 체포된 뒤로는 그 마을에 찾아가는 일이 점점 뜸해져 국장과도 소원해졌다. 그리고 얼마 안 가 내가 이미 완전히 건강을 되찾았음을 깨달았다. 이제는 그 마을에 머무르는 것이 몸에 좋지 않을 것같이 느껴졌다.

그래도 K의 아름답던 피부와, 마지막에 그의 손끝이 집었던 꿀벌의 벌침은 내 기억 속에서 특별한 장소를 차지하고 있다.

그는 지금 어디서 뭘 하고 있을까?

며칠 전 나는 한 친구에게 받은 엽서에서 빠진 글자를 두 개나 발견하고 묘한 흥분에 휩싸였다. 이것은 K가 어딘가에서 몰래 베껴 쓰고 원본과 바꿔치기한 엽서가 아닐까? 그런 생각에 K가 내 필적을 똑같이 따라 쓴 연하장을 찾아봤지만, 어디에 뒀는지 도무지 찾을 수가 없었다.

하와이로 찾으러 온 남자

……하와이에서 사람을 찾기 시작한 지 어느덧 두 달이 지났다.

오아후 섬에서 아무런 실마리도 얻지 못하고 하와이 섬으로 장소를 옮긴 지 딱 일주일.

힐로의 콘도미니엄에 묵고 있다. 처음 와본 도시지만, 왠지 모르게 내가 태어난 고향과 비슷해 걸어다니다보면 묘한 기분이 든다.

덴절 워싱턴이 주연한 〈DÉJÀ VU〉라는 영화가 상영중이라 매일같이 광고를 보게 되는데, 그것이 내게 보내는 메시지가 아닌가 하는 기분마저 든다. 이곳은 내 고향과 비슷한 곳이 아니라 바로 그 고향이지 않을까. 나는 이곳에서 나고 자랐다는 사실을 잊은 것이다. 사실 나는 일본인이 아니라, 일본계 미국인 3세나

4세쯤 되는 것이 아닐까?

그런 시시한 망상 탓에 오늘은 도무지 일이 손에 잡히지 않았다.

아마도 여기 오기 전에 오아후의 카네오헤 언덕에서 봤던 평등원 봉황당*의 복제품 탓이겠지. 그런 것을 보면 누구든 자신이 어디 있는지 헷갈리기 마련이다.

힐로 시가지의 모습은 아주 고풍스럽다. 골동품 자동차. 해묵은 디자인의 간판. 기념품 가게에는 엘비스의 사진을 프린트한 알로하셔츠나 먼로 그림이 들어간 호피무늬 가방 등, 시간이 멈춘 것처럼 희한한 물건들이 늘어서 있다.

그래도 동네 사람들은 하나같이 스마트폰에 푹 빠져 있으니, 현대인 건 틀림없겠지만.

내가 사람을 찾는 방식은 좀 색다르다. 의뢰인은 내게 찾으려는 사람의 정보를 전혀 주지 않았다. 사진도 없거니와 나이나 경력도 듣지 못했다. 이름도 모른다. 그런 인간을 대체 어떻게 찾아내란 말인가? 의뢰인은 나에게 말했다.

"이렇게 말하면 돼. ―'나를 본 기억이 없나?'라고."

---

* 교토 우지 시에 있는 사원으로, 일본의 십 엔짜리 동전에 새겨져 있다.

요컨대 그 사람이 나와 똑같이 생겼다는 것이다. 의뢰인이 애당초 나를 눈여겨본 것도 그런 이유인 듯했다.

나는 실소를 흘리고, 확인차 물어봤다.

"당신이 찾는 남자가 정말로 나인 건 아냐?"

히죽거리는 나와 달리 의뢰인은 갑자기 험악한 표정을 지었다.

"농담으로라도 두 번 다시 그런 말은 꺼내지 마. 그게 신상에 좋을 거야."

나는 그 눈빛과 말투에 압도당해 입을 다물어버렸다.

기한은 정해지지 않았다. 체재 비용은 내 계좌로 입금되었다. 그래봐야 몇 푼 안 되지만. 아무튼 하와이 전체를 이잡듯이 뒤져보라고 했으니, 나는 그가 시킨 대로 이런 바보 같은 질문을 하며 돌아다니는 중이다.

"잠깐 실례합니다. 이상한 질문이지만, 전에 저를 만난 적이 없나요?"

힐로에 와서 처음 만나는 맑은 날이라 오늘은 바닷가로 발길을 옮겼다. 와이키키와 딴판으로 한산했다. 상반신을 드러내고 일광욕을 즐기는 여자들을 바라보며 나는 오아후에서 관계를 가진 한 여자를 떠올렸다.

와이키키의 호텔 바에서 일하는 그녀는 내 질문에 유일하게,

"만났죠. 다시 만나게 돼서 기뻐요."

라고 대답해준 사람이었다.

나는 드디어 실마리를 잡았다는 생각에 뛸듯이 기뻐했다. 그러나 여자는 그저 술주정뱅이가 작업을 걸었다고 받아들였을 뿐이었다.

나는 불쑥 화가 났지만, 상대는 왜인지 내가 마음에 들었던 모양이다. 처음부터 묘하게 친밀하게 굴었고, 일이 끝나자 내 방으로 와서 함께 맥주를 퍼마셨다. 찬찬히 보니 외모도 그런대로 괜찮아서 나도 자연스레 기분이 편해졌다.

여자의 오른쪽 엉덩이에는 장미와 도마뱀 문신이 있었다. 나는 어디선가 그것을 본 듯한 기분에, 한창 일을 치르는 와중에 무심코 이건 무슨 상징이냐고 물었다. 여자가 순간 진지한 표정을 짓더니 어린아이에게 쉽게 풀어 말하듯 장황한 설명을 시작했다. 역시나 흥이 깨져서 도중에 키스로 입을 막았다. 뭐라고 했는지 지금은 기억나지 않는다.

다음날 아침, 샤워를 하고 나온 여자가 침대에서 여전히 잠이 덜 깬 채로 눈을 비비고 있는 나를 안쓰러운 듯이 바라보며 말했다.

"당신이 찾는다는 그 사람, 못 찾을 거야."

"왜?"

"존재하지 않는 사람을 찾고 있으니까."

"뭐라고?"

"당신을 위해서 하는 말인데, 이제 그만둬. 인생 낭비야."

나는 베갯머리에 있던 마시다 만 맥주 캔을 움켜쥐고 여자에게 내던지며 그녀를 방에서 쫓아냈다.

홀로 남은 나는 쥐죽은듯 고요한 방에서 고개를 갸웃했다. 나는 격앙해서 여자에게 물건을 집어던지는 인간이 아니었다. 왜 이렇게 초조해하는 걸까?

다시 부르려고 허둥지둥 복도로 나갔지만 여자의 모습은 이미 보이지 않았다. 그래서 호텔을 나서는 참에 불러 세우려고 베란다에서 몸을 내밀고 한참을 기다렸는데, 어찌된 영문인지 아무리 시간이 지나도 여자는 모습을 드러내지 않았다.

별로 기묘한 일은 아니다. 아마 내가 모르는 다른 출입구로 나갔겠지. ……

아무런 수확도 없는 하루였다. 호텔로 돌아와 말린 망고를 안주 삼아 혼자서 맥주를 마셨다. 과일 향이 나는 맥주칵테일 같은 맛이라 마음에 들었다.

해가 저물어가자 점점 불안해졌다. 의뢰인에게 연락해봐야겠다는 생각이 들었다. 그러고 보니 체재지를 바꾸면 반드시 알리라고 했었다. 그는 내가 아직 오아후에 있다고 생각할 것이다.

그때부터 의뢰인의 연락처를 메모해둔 종이를 찾는데 도무지 나오지 않았다. 이메일 수신함에도 의뢰인과 주고받은 일련의 이메일들은 사라져 있었다.

나는 혼란스러운 마음을 가라앉히기 위해 베란다에서 담배 한 대를 피웠다.

바다가 보이지 않는 싸구려 방에서, 도로를 오가는 자동차 헤드라이트를 바라보았다.

불현듯 그거다 싶었다. 사람 찾는 일을 그만두게 만들려고, 그 여자가 내게서 의뢰인의 정보를 모조리 지워버린 것이다!

그러나 그날 밤 술에 취해 나눈 얘기는 조금 다른 내용이었던 것 같은 기분이 들었다. 오히려 반대가 아닐까? 일에 진척이 없어 화가 난 내가 여자가 말려도 듣지 않고, 내 손으로 의뢰인의 정보를 삭제한 건 아닐까?

나는 기분 나쁜 오한에 사로잡혔다. 한 대를 다 피우고, 두 대째에 불을 붙이려 했다. 그런데 도무지 불이 붙지 않았다. 별생각 없이 재떨이를 보니, 어찌된 영문인지 담배꽁초가 셀 수 없이 잔뜩 쌓여 있었다.

그건 그렇고, 여기 오기 전에 나는 어디에 있었을까?

물론 오아후다. 그럼 그전은? 도무지 떠오르지 않았다.

침착해. 찬찬히 생각해보자.

나는 분명 그 지역에서 사람을 찾고 있었다. 나와 똑같이 생긴 남자를, 나를 만난 적 없느냐고 묻고 다니면서. 그러다가 의뢰인의 정보를 잃어버리고 만 것이다.

그렇다, 나는 그전에 하와이 섬에 있었다. 오아후에는 사실 내 의뢰인을 찾으러 갔던 게 아닐까……?

나는 빈 담뱃갑을 찌부러뜨리며 내일은 나와 똑같이 생긴 남자가 아니라 그 여자를 찾아볼까 생각했다. 그 호텔 바에 가면 만날 수 있으리라. 나에게 화가 났을까? 농담처럼 이렇게 말해볼까.

"잠깐 실례합니다, 이상한 질문이지만, 전에 저를 만난 적이 없나요?"

나는 여자의 표정을 떠올렸다. 그녀는 왠지 동정하는 듯 다정한 눈길로, 이번에도 분명 이렇게 말하지 않을까.

"만났죠. 다시 만나게 돼서 기뻐요."

투명한 미궁

I

천장이 높고 온통 검은색인 방에서 그들은 모두 알몸으로 웅크리고 있었다.

남녀 여섯 명씩 총 열두 명, 일본인은 오카다와 미사뿐이었다.

아마 의도적으로 피부색이 다양한 인종을 모아놓은 듯했고, 백금과 크리스털 덩어리가 허공에서 폭발한 듯한 형상의 거대한 샹들리에가 괴로워하는 그들의 육체를 비추고 있었다.

나이는 이십대부터 사십대 정도까지, 모두 헝가리 사람이 아니라 오카다와 미사처럼 속거나 납치당해 끌려온 관광객들이었다.

부다페스트의 페스트 쪽에 자리한, 19세기 말에 지어진 오래된 7층 건물이었다.

건물 전체가 한 개인의 소유인 듯한데, 호화로운 진홍색 살롱은 소파와 장식장 등 검은색과 은색을 기조로 한 현대풍 네오바로크 양식의 가구로 통일되어 있었다.

그곳에서 스탠딩 파티가 열렸고, 오카다와 미사는 한 시간가량 느긋하게 즐겼다. 그후 7층으로 안내받았고, 안쪽 방으로 발을 들여놓는 순간 느닷없이 여러 남자에게 제압당했다. 그리고 옷을 빼기고, 더 안쪽에 있는 한 방에 감금되어버린 것이다.

벽은 얇은 가죽 같은 광택이 감도는 검은색으로 감싸여 있었다. 그 위에 역시 네오바로크 양식의 커다란 흰색 거울이 걸려 있고, 창문은 금색 아라베스크 문양이 수놓인 두툼한 커튼으로 가려져 있었다. 좀전에 탈출을 시도하려던 사람들이 반미치광이처럼 그 커튼을 열어젖혔지만 창문에는 모두 쇠창살이 박혀 있었다. 바깥에는 놀랍도록 짙은 어둠이 깔려 있고, 안개 너머로 보이는 사슬다리의 불빛만이 간신히 그곳이 다뉴브강임을 알려주었다.

감금당한 이들은 모두 벽 쪽으로 물러나 대리석 바닥에 앉아 있었다. 방 한가운데 짙은 남색 카펫이 깔려 있었지만 아무도 다가가려 하지 않았다.

여자들은 몸을 떨면서 무릎이나 팔을 힘껏 끌어안고 저 자신에게 필사적으로 매달렸다.

오카다는 자신을 비롯해 누구도 이제 성기조차 가리려 들지 않게 된 상황을 절망적인 심경으로 바라보았다.

미사는 오카다 옆에서 고개를 숙이고 있었다. 그는 몇 번 그녀의 표정을 훔쳐보려 했지만, 아래로 똑바로 늘어진 긴 머리칼 때문에 그럴 수 없었다.

무방비하게 드러난 흰 유방이 끄트머리까지 단단하게 경직되어 있었다. 자신의 손이 그것을 움켜쥐기 위해 다른 남자들의 손과 격렬하게 다투는 광경을 상상하고, 그는 송곳에 찔린 것처럼 얼굴을 찡그렸다.

비명을 질러대며 저항하던 시간은 끝나고, 실내는 침묵이 지배했다.

방의 유일한 문 앞에는 왼눈이 찌그러진 삶은 달걀처럼 부어오른 흑인 청년이 쓰러져 있었다. 부러지고 피범벅이 된 코 대신 입으로 괴롭게 숨을 몰아쉴 때마다 다이아몬드 같은 땀방울이 가슴에서 반짝였다.

오카다는 그 몸의 탄탄한 근육을 유리 진열장에 놓인 고깃덩

어리 보듯 바라보았다. 크고 긴 물건을 덜렁거리며 알몸으로 저항하던, 차마 보기 힘들 만큼 우스꽝스러운 광경이 아직도 뇌리를 떠나지 않았다. 그를 때려눕힌 거구의 사내들은 문밖에 대기하고 있다.

자유를 빼앗긴 그들을 가면 쓴 남녀 넷이 의자에 앉아 구경하고 있었다. 남자 둘은 상반신만 차려입고 하반신은 노출시킨 상태다. 여자들은 검은색 속옷 차림이고, 가터벨트에는 선명한 붉은색 실로 수가 놓여 있었다.

또 한 사람, 커버를 씌운 의자에 앉아 있는 것은 좀전까지 살롱에서 그들을 환대해준 이 건물의 주인이었다. 페이즐리 무늬가 들어간 두툼한 실크가운을 입은 그는 스킨헤드 아래로 유일하게 가면을 쓰지 않은 맨얼굴이었다. 눈은 움푹하게 꺼졌고, 여름 햇볕에 그을었다가 겨우 제 빛깔을 되찾은 듯한 흰 피부는 세심하게 관리했는지 광택이 감돌았다.

그는 보석이 박힌 검은 지팡이를 움켜쥐고 미소를 머금고 있었다. 주먹이 통째로 들어갈 법한 커다란 입 때문에 그의 외모는 가면을 쓴 것보다 훨씬 괴물같이 보였다. 이따금 헝가리어로 혼잣말을 중얼거렸는데, 내용은 누구도 알 수 없었다.

감금된 이들에게 그가 내린 명령은 단 한 가지였다. ―여기서, 구경꾼들 앞에서 사랑을 나눠라.

□

오카다는 도쿄의 작은 무역회사에서 일했다. 부다페스트에는 프로폴리스 수입 계약을 위해 혼자 와 있었다.

11월 초, 날 좋을 때는 아직 늦더위까지 느껴지는 도쿄와 달리 외투 없이는 아무데도 나갈 수 없는 추위였다.

그날은 예정보다 일찍 오전중에 볼일이 끝나서 오후 내내 여유가 생겼다. 돌아가는 비행기는 다음날 낮으로 예약해놓았다.

오카다는 관광 삼아 영웅광장부터 언드라시 거리까지 걸었고, 도중에 파시즘 시대에서 공산주의 시대에 이르는 헝가리의 암흑기를 보여주는 역사자료관 '테러하우스Terror Háza'에 들어갔다. 2차세계대전중에는 나치스가, 종전 후에는 헝가리 치안경찰이 본부를 두었던 건물로, 커다란 벽에 희생자 사진이 무수히 걸려 있고 지하에는 반체제파 고문에 사용되던 시설이 재현되어 있었다. 가벼운 호기심으로 들렀지만 관람을 마치고 나올 즈음에는 아무래도 조금 우울해졌다.

그후 거래처에서 알려준, 레히네르 외된의 독특한 아르누보 양식으로 지어진 우체국 건물을 찾아가 사진을 찍었다. 그리고 다뉴브강까지 걸어가서 강기슭의 낙엽을 감상하고, 사슬다리를 건넌 뒤 케이블카로 왕궁 언덕에 올라가 한동안 조망을 즐겼다. 온화한 오후 햇살을 들쓴 도시 중심부에는 은근한 색기가 감돌았다. 오카다는 약간의 황홀감까지 느끼며 다음번에 좀더 시간 여유를 갖고 와봐야겠다고 생각했다. 그리고 인파를 따라 걷다가 왕궁 지하미궁에 이르렀다. 몇 겹으로 층을 이루며 수십 미터에 달하는 천연동굴을 이용한 곳인데, 와인의 샘이니 반쯤 파묻힌 석상 머리니 전체적으로 묘하게 관광용으로 연출된 분위기였다. 오카다는 이렇다 할 것 없는 잡생각에 빠져 있었다. 이따금 헤매면서 어스름과 곰팡내 말고는 딱히 아무것도 느끼지 못하는 채로 걷다보니 어느새 밖으로 나와 있었다.

부다에서 페스트로 돌아온 후 마치 그 미궁의 연장인 양 정처없이 거리를 돌아다녔다. 헝가리어는 인도유럽어족이 아니라 우랄어족 핀우그리아어파에 속한다고 하는데, 가이드북에서 대충 건너뛰며 읽은 그 설명이 어쩔 수 없이 다시 떠올랐다. 눈에 익은 알파벳이지만 가게 간판이나 도로 표지판에 적힌 말을 도무지 알아볼 수 없었던 것이다. 유일하게 바로 이해한 것은 포르노숍 광고에 실린 'SEX'라는 단어뿐이었다.

앤티크숍에서 은으로 된 커틀러리 한 세트를 충동구매하고 신용카드로 계산하는 사이 갑자기 피로가 몰려왔다. 호텔로 돌아가기 전에 지도를 확인할 겸 카페에 들러 한숨 돌렸는데, 그 바람에 다시 걷기가 오히려 더 두려워지고 말았다.

핫 버터드 럼으로 몸을 데운 뒤, 레드와인이나 한 잔 더 마실까 싶어 종업원을 불렀다. 그제야 옆 테이블에 앉은 네 사람 일행에 일본인으로 보이는 여자가 한 명 있다는 사실을 알아챘다. 이쪽으로 등을 돌리고 있지만 옆얼굴이 언뜻 보였다. 흰색 셔츠에 진회색 카디건을 입고 소매를 걷어올린 차림이었다. 벌어진 옷깃 사이로 보이는 가느다란 핑크골드 목걸이와 은시계. 갈색 가죽벨트를 맨 청바지가 다리를 조이듯 감싸고 있었다. 긴 속눈썹과 높고 오뚝한 콧마루에서 어딘가 육감적인 분위기가 풍겼다. 그녀가 미사였다.

미사는 아까부터 오카다의 존재를 알아챈 듯했다. 해가 저물어 그녀가 이쪽을 바라보는 모습이 유리창에 비쳤다. 그러다 유리 안에서 시선이 마주쳤다.

"일본 사람이에요?"

의자 너머로 그녀가 말을 건넸다. 오카다는 교태스럽게 살짝 기울인 고개와 탐색하듯이 치켜뜬 눈, 그리고 '일본 사람'과 '이에요' 사이에 머금는 미소를 보며 그녀가 속으로 이 말을 얼마나 반복했을지 짐작할 수 있었다.

"네. 도쿄에서 출장 왔습니다. ……여행중이세요?"

"저애 아파트에 얹혀살고 있어요. 이탈리아인인데, 집이 부자거든요."

미사가 약간 도톰하고 요염한 입술 사이로 흰 이를 드러내며 말했다.

그녀가 손으로 가리킨 것은 검은색 털모자를 쓴, 대학생으로 보이는 여자였다. 인상이 강한 짙은 눈썹 아래 또렷한 갈색 눈이 미사의 손짓에 순간 흔들린 것처럼 보였다. 턱끝이 뭔가를 참아내는 것처럼 살짝 패어 있다. 어른스러운—즉 아직 어린—얼굴이었고, 오카다가 한동안 바라보는 사이 한 번도 이쪽을 돌아보지 않았다.

미사는 잠시 몸을 돌려 그녀에게 뭐라고 귀엣말을 했다. 페데리카라는 이름의 그 여자는 미소짓는 미사에게 험악한 눈빛을 보이며 고개를 저었다. 미사는 그녀를 무시하고 오카다의 테이블로 자리를 옮겼다.

"괜찮겠어요?"

"레즈비언이에요, 저애."

"아아, ……"

"난 아니지만, 그래도 재워주니까."

'—주니까?'

페데리카는 화가 났다기보다 괴로워하는 기색이었다.

미사가 페데리카에게 몸을 허락했는지는 알 수 없다. 그러나 허락했다 해도 분명 꾸준한 관계는 아닐 것이다. 그래서 페데리카는 정신적으로 거의 미사의 노예였고, 그녀에게, 혹은 자기 자신에게 어떤 파멸적인 행동으로 치달으려는 것을 필사적으로 참고 있다. ……인종하는 페데리카의 표정에는 그런 상상을 불러일으키는 애처로움이 깃들어 있었다.

미사는 스물여덟 살로 오카다보다 여덟 살 어렸다. 도쿄의 IT 기업에서 웹디자이너로 일했는데, 동일본 대지진이 일어난 지 일 년이 지난 무렵 갑자기 회사를 그만두고 유럽 각지를 전전하고 있다고 했다. 소지품이나 옷차림으로 보아 배낭여행객 같지도 않았다.

도쿄에 살던 미사를 처음 파리로 불러들인 사람은 알고 지내던 소설가 남자였다. 그러나 그와는 일주일만 함께했고, 그뒤에 다른 지인이 살고 있는 브뤼셀에 갔다가, 이어서 북쪽 스톡홀름부터 남쪽 톨레도까지 일이 주 간격으로 계속 옮겨다니고 있다고 했다. 어느 나라인지도 모르겠고 관광지도 아닌 듯한 지역명도 몇 개씩 나왔다.

여름에 로마에서 페데리카를 알게 된 후 함께 마라케시로 여행을 갔고, 한 번 헤어졌다가 다시 만나 이곳에 오기 직전까지 자그레브와 부쿠레슈티를 들렀던 모양이다. 유럽연합의 솅겐 조약 가맹국에는 비자가 없을 경우 '최초 입국일부터 육 개월 이내 최장 삼 개월간'만 체재할 수 있다는 규약이 있기 때문에 한동안 가맹국이 아닌 지역으로 나갔다가 바로 며칠 전에 돌아왔다. 부다페스트에는 페데리카의 가족 소유 집이 있다고 했다.

오카다가 손가락을 꼽으며 "반년 넘도록 '방랑 여행'을 한 건가요?" 하고 농담 섞인 말투로 물었다.

"처음에는 이 주 정도 유급휴가를 냈는데, 어쩌다보니 그렇게 됐어요. 회사에는 이메일로 그만두겠다고 했고."

"그렇게 그만둘 수도 있나요? 인수인계 같은 건……"

"난 그만둘 수 있어요."

"……그렇군요. 그뒤로 계속 혼자?"

"혼자?" 미사가 오카다의 촌스러운 반응에 쓴웃음을 지었다. 그리고 귀엽다는 듯한 눈빛으로 "로마에서 페데리카를 만난 뒤로는 쭉 저애랑 같이 지냈어요. 도중에 많은 일이 있었지만"이라고 말했다.

"그렇군요. ……그럼 꽤 오래된 사이네요."

"감정 기복이 심해서 툭하면 말다툼을 하지만, 본바탕은 아주 착한 애예요."

"왜 일본을 떠나 외국으로 왔죠?"

"오카다 씨, 외국에서 살아본 적 있어요?"

"아뇨, 한 번도."

"여기 사는 일본인에게 그렇게 가볍게 물어보면 안 돼요. 무슨 사연이 있을 게 빤하잖아요?"

오카다는 허를 찔렸다.

"아, 네. ……그럴 수도 있겠군요. 실례했습니다."

미사가 떨떠름하게 미소지었다. 오카다는 입을 다물고, 한나절 바닥에 돌이 깔린 시가지를 걸어다니느라 지쳐버린 발을 반쯤 벗은 구두 속에서 꼼지락거렸다. 그녀는 이런 피로를 반년이나 유럽 곳곳에서 쌓아온 것이다.

그녀의 속마음을 헤아릴 수는 없었다. 그러나 지진 재해 후, 역시 도쿄에서 일 년을 보낸 사람으로서 나름대로 공감하며 어렴풋이 심경을 이해할 수 있었다. 그리고 그녀가 스스로는 이 방황을 멈출 수 없게 되었다는 것도.

"언제까지 계속할 거죠?"

미사가 팔짱을 끼고 테이블에 팔을 괴더니, 머리칼을 젖히며 얼굴을 들었다.

"앞으로 두세 달 뒤에 다시 나가야 하니까, ……하지만 아마 그전에 돈부터 떨어질걸요."

"자기가 지금 어디에 있는지, 확실하게 압니까?"

"네?"

"어느 위도와 경도에 있고, 지금이 언제인지."

미사는 대답을 얼버무리고는 완전히 어두워진 창밖으로 시선을 돌렸다. 그러다가 갑자기 웃음을 터뜨리는가 싶더니 "괜찮으세요, 오카다 씨?" 하며 고개를 갸웃했다.

그러나 오카다는 웃지 않았다. 그녀는 당황스러운 기색이었지만, 이내 진지한 표정으로 바뀌어 그를 가만히 바라보며 말했다.

"일본으로 데려가줄 수 있어요, 나를?"

바로 조금 전에 만났는데도, 오카다는 이미 그녀에게 저항하기 힘든 매력을 느끼고 있었다.

"내일 헬싱키를 경유해서 돌아갑니다. 혹시 생각이 있다면 같은 비행기로 가죠."

미사는 다시 공허한 눈빛으로 돌아가 잠시 생각에 잠겼다. 그리고 고개를 숙인 채 말없이 한 번 끄덕였다.

미사는 카페가 저녁 레스토랑 영업 준비를 시작하는 시간까지 페데리카를 철저히 무시하며 오카다만 상대했다. 페데리카는 그 잔혹한 처사를 견뎌내고 있었다.

미사는 시간을 확인한 후, 함께 어디로 식사하러 가자고 제안했다.

나갈 채비를 시작하자 페데리카가 이쪽 테이블로 다가와서 오카다에게 인사를 했다. 그리고 지금 지인의 집에서 파티를 여니까 미사와 함께 와주면 좋겠다고 영어로 말했다. 어쩔 생각인가 싶어 오카다가 미사의 얼굴을 바라보니 그녀는 고개를 가로저었다. 그와 동시에 페데리카가 울음을 터뜨리며 날카로운 소리를 질렀다. 드문드문 앉아 있던 손님들이 일제히 이쪽을 돌아보았다. 자주 있는 일인지 미사는 놀라는 기색도 없이 페데리카를 끌어안아 진정시킨 후, 오카다에게 별다른 예정이 없으면 같이 가달라고 말했다.

오카다는 승낙했다. 미사를 페데리카 곁에 두고 가고 싶지는 않았다.

페데리카가 부른 차를 기다리는 동안 미사는 화장실에 갔고, 다른 일행 둘은 먼저 돌아갔다. 그들이 떠나며 왠지 의미심장한 눈짓을 보낸 듯한 기분이 들었다. 초대한다고는 했지만, 페데리카는 역시 내게 돌아가달라고 하지 않을까? 그런 생각을 하고 있는데 그녀가 부드럽게 웃는 얼굴로 그 종이봉투는 뭐냐고 물었다. 눈은 여전히 붉게 충혈되어 있었다.

"커틀러리예요. 나이프도 있고 포크도 있고."

오카다가 대답하자 그녀가 안을 살짝 들여다본 후 말했다.

"나이프는 고기를 자를 때처럼 당신의 얼굴도 일부만 잘라내 보여주죠."

오카다는 미간을 찌푸렸다. 영어를 제대로 알아들었는지 자신이 없어 대답을 망설이자, 페데리카가 입가를 일그러뜨리며 다시 한번 천천히 같은 말을 되풀이했다. 한쪽 눈만 비추던 은 나이프가 그의 뇌리에 스쳤다. 무슨 말을 하고 싶은 거냐고 물어보려는데, 그녀가 가로막으며 말했다.

"당신은 미사의 본심을 몰라. 난 알아."

그리고 그 말을 이해했는지 확인하려는 듯이 눈을 들여다보았다. 미사가 돌아왔다. 그녀도 커틀러리에 흥미를 보여서 얘기는 다른 쪽으로 흘러갔다. 잠시 후 가게 앞에 검은색 벤츠 리무진이 와서 섰다.

셋이서 차에 탄 뒤로 오카다는 두 사람의 분위기를 신경쓰느라 어디를 어떻게 지나갔는지 전혀 알 수 없었다. 페데리카의 말을 어떻게 이해해야 할까. 미사는 자신이 레즈비언이 아니라고 했다. 그 말은 사실일까, 아니면 남자에게만 그렇게 말하는 것일까. 남녀 어느 쪽이든 상관없다는 뜻일까. 페데리카는 말하자면 질투심 때문에 미사에 대한 나의 인상을 왜곡시키려는 게 아닐까. ……그런 생각을 하는 사이 도착한 곳이 이 커다란 저택이었다.

파티는 이미 진행중이었다. 성장을 한 서른 명 정도의 사람들이 선 채로 먹고 마시며 즐기고 있었다. 평범한 업무용 양복을 입고 있던 오카다는 주눅이 들었는데, 스킨헤드에 우람한 체격의 저택 주인은 집게손가락을 세우며 복장은 중요하지 않다, 중요한 것은 이 자리를 즐기는 것이라고 말했다.

페데리카는 그와 친숙하게 포옹을 주고받고 한동안 담소를 나눴는데 어느새 사라지고 보이지 않았다. 7층으로 안내받은 것은 미사와 그 얘기를 하면서 그만 돌아갈까 하던 참이었다.

□

감금당한 사람들이 풀려난 것은 동이 트기 전이었다.

오카다와 미사는 올 때와 같은 리무진에 태워졌고, 국립박물관 정문 앞에서 내렸다. 아직 어두워서 길에는 인기척이 전혀 없었다.

운전기사가 이런 데 내려도 괜찮겠냐며 의아해했지만, 오카다는 자신이 어디 묵는지 알리고 싶지 않았다. 호텔까지는 걸어서 십 분 정도 거리다. 미사는 페데리카의 집까지 갈 예정이었는데, 차가 멈추자 오카다의 팔을 잡고 "나도" 하며 같이 내렸다.

떠날 때 운전기사가 돌아보며 말했다.

“오늘밤 일은 입 밖에 내지 마라. 알겠나? 이건 주인의 전언이 아니라 내가 하는 충고야. 빨리 잊어버려. 알겠지?”

오카다는 그의 시선을 맞받기만 할 뿐 고개는 끄덕이지 않았다. 차가 떠나자 아무도 없는 보도에서 은 커틀러리 봉투를 잊지 않고 손에 들고 있는 자기 모습이 이루 말할 수 없이 우스꽝스럽게 느껴졌다.

호텔방에서 두 사람은 각자 샤워를 했다. 미사는 뜨거운 물을 받아 천천히 씻고 싶다며 오카다에게 먼저 하라고 권했다. 오카다는 냉랭한 몸에 뜨거운 물줄기를 들쓰며 방금 전까지 일어났던 일을 떠올렸다.

이제 자유의 몸이라는 것이 여전히 실감나지 않았다. 중간에 내리긴 했지만 이 지역 사람이라면 숙소가 이 호텔이라고 짐작할 수 있을 것이다. 그는 한동안 복도를 오가는 사람들의 기척에도 민감하게 반응했다. 그러면서도 역시 안도했다.

모두 일제히 사랑을 나눈 것은 아니고, 구경꾼들은 행위와 조합의 ‘앙상블’을 묘하게 즐겼다.

매번 BGM이 지정되었다. 오카다가 기억하는 것은 숄호프와 울만의 현악사중주, 그리고 메시앙의 〈세상의 종말을 위한 사중주〉였다. 턱시도를 입은 남자가 쇼스타코비치의 현악사중주 11번

스케르초를 지정하자 웬일인지 구경꾼들이 와락 웃음을 터뜨렸고, 한동안 헝가리어로 뭐라고 의견을 주고받았다.

명령만 따르면 새벽 전에 반드시 모두 풀어주겠다고 약속했다. 다만 단 한 사람이라도 거역하면 감금이 무한정 연장된다는 조건이었다.

처음 두 사람이 저항하지 않아서인지 뒤이은 사람들도 순종적이었다. 체념과 희망이 뒤얽혀 실내에는 일종의 규율이 만들어졌다. 몇 번씩 다시 불려나가는 사람도 있었지만, 오카다와 미사만은 왜 그런지 다른 이들과의 관계에 참가시키지 않았다.

둘을 제외한 모두가 온갖 치욕을 견뎌낸 후, 마침내 그들도 불려나갔다. 저택 주인이 직접 내린 명령은 단둘이 '일본스럽게' 사랑을 나누라는 것이었다. 몇 번이고 하품을 하며 졸음을 쫓으려 홍차를 마시던 구경꾼 여자가 그 명령에 미소를 지었다.

그 직전에 오카다는 예의 흑인 청년이 백인 남자 둘에게 깔려 폭행당하는 모습을 보았다. 검은 대리석 바닥에는 엉덩이로 마구 처발린 혈흔이 남아 있었다.

그는 자신이 그런 행위의 피해자가 될까 두려워하고 있었다. 그래서 명령의 내용이 밝혀지자 얼마간 다행스럽게 느꼈고, 동시에 미사에게 가해자가 되어야 한다는 사실에 동요했다.

두 사람이 주저하자 이미 의무를 다한 이들은 짜증을 숨기지 않았다. 연인 사이로 보이던 그들에게 부과된 행위는 불공평할 정도로 쉬웠고, 시련이라고 할 정도도 아니었다. 말하자면 디저트 격인, 달콤한 구경거리였다. 급기야 "빨리 해!"라는 욕설까지 날아들었다.

미사가 오카다의 손을 이끌고 남색 카펫으로 걸어가더니 구경꾼들을 돌아본 후 그에게 키스를 했다.

저택 주인이 무언의 신호를 내려 리게티의 〈영원한 빛〉이 흘러나왔다. 이것이 모임의 마지막 순서인 듯했다. 아무런 반응을 보이지 않는 오카다의 몸에 미사는 최선을 다해 온갖 노력을 다했다. 빨간 나비 가면을 쓴 여자가 그 모습을 보다 못해 웃음을 터뜨리자, 주인이 입술에 집게손가락을 올리며 제지했다.

카펫에 누운 오카다는 제 몸을 뜻대로 할 수 없다는 비참함에 괴로워했다. 그것은 노력이 아무 쓸모도 없는 영역이었다. 미사는 그를 다정하게 위로하듯이 가슴과 뺨을 손으로 어루만지며 미소를 지었다. 눈을 감고 오로지 그녀에게 집중하려 애썼다. 카페에서 처음 보았을 때를 떠올리고, 같이 귀국하자고 약속하던 때를 돌이켜보았다. 이것은 그에 뒤따랐을 행위가 아닌가. 위로 올라가 덮치듯이 그녀를 안았다. 가슴에 힘껏 머리를 파묻고 냄새를 깊이 들이마셨다. 이윽고 끝이 닿고 서서히 안으로 감싸여 들어갔다. 둘이 마주보고, 눈을 감고, 눈을 뜨면 상대도 같이 다시 눈을 떴다. 서로 입을 맞췄다. 미사는 그의 입안을 달래듯이 핥았다. '일본스럽게'라는 과제까지는 신경을 쓸 수 없었다.

그가 절정에 다다랐을 때, 구경꾼들은 아무도 웃지 않았다. 한 여자가 가면을 거칠게 벗어던지며 오열을 터뜨렸고, 옆에서 경직된 하반신을 어루만지고 있던 남자가 다정하게 그녀를 다독여 주었다. ……

샤워를 마친 오카다는 목욕가운을 입은 채 침대에 드러누웠다. 넋을 놓고 하얀 천장을 마냥 바라보았다. 두 사람을 줄곧 훤히 비추던 거대한 샹들리에는 이제 없었다. 방과 마찬가지로 고요히 가라앉은 욕실에서는 미사가 이따금 손으로 물 표면을 가르는 듯한 소리가 들렸다. 우는 듯한 기척이 어렴풋하게 느껴졌다.

사십 분쯤 뒤에 나온 미사도 목욕가운 차림이었고, 어깨에 늘어뜨린 머리칼은 아직 젖어 있었다.

두 사람이 관계한 흔적은 제각각 씻겨내려갔다.

오카다는 뜨거운 커피 두 잔을 내렸다. 잔을 받아든 미사가 창가에 서서 커튼을 열었다. 유리창이 뜨거운 커피 김에 흐려졌다가 금세 다시 맑아졌다. 오카다는 서서히 밝아오는 바깥 광경을 보며 카페에 있던 저녁 무렵부터 얼마나 시간이 흘렀는지를 느꼈다.

미사가 돌아보더니 "미안해" 하며 오카다에게 사과했다. 이 말만은 꼭 해야겠다고 굳게 다짐한 듯한 표정이었다.

뜻밖이었다. 오카다는 그때까지 미사가 사과하리란 생각은 조금도 하지 못했다. 전날 밤의 일은 분명 페데리카가 꾸민 짓이었고, 그는 두 여자 사이의 복잡한 감정의 갈등에 휘말려든 셈이었는데.

미사가 저택 주인에게 명령받은 거짓 사랑의 의식을 받아들인 까닭은 단지 그 상황에서 도망치기 위해서만이 아니었다. 속죄의 마음도 있었음을 그는 비로소 알아차렸다. 그를 풀어주려 했던 것이다. 오카다는 감금당한 몇 시간 동안 미사를 원망하는 마음이 한 번도 들지 않았다는 것의 의미를 생각했다.

그는 미사에게 귀국 약속을 상기시켰다.

"비행기는 오후 한시야. 같이 일본으로 돌아가지."

그리고 창가에 서 있는 그녀를 끌어안았다. 미사는 빈 커피잔을 카펫 바닥에 떨어뜨린 후, 그에게 기대며 느슨하게 풀린 목욕가운 가슴팍에 뺨을 얹었다. 잠시 후 어느 쪽이 먼저랄 것 없이 알몸이 되었다. 창에서 전해지는 냉기에 얼얼해질 때까지 두 사람은 오래도록 입맞춤을 나눴다.

미사는 금방이라도 무너져내릴 것처럼 필사적으로 오카다에게 매달렸다. 오카다는 무릎을 살짝 굽히고 등을 구부려 그녀의 몸을 받쳐주었다. 머리카락에서 떨어지는 물방울이 맞닿은 몸의 틈새로 스며들었다. 그들은 막 무구한 싹을 틔우기 시작한 태양빛에 한동안 그렇게 잠겨 있을 필요가 있었다.

II

귀국 후에도 오카다의 생활에는 큰 변화가 없었다.

예전처럼 혼자 사는 맨션에서 출근하고, 저녁에 집으로 돌아올 때까지 담담하게 나날의 업무를 처리했다. 부다페스트 기업과의 거래도 문제없이 시작되었다. 회사 동료는 그가 출장중 경험한 악몽 같은 건 상상조차 하지 못했다.

물론 오카다 본인은 달랐다. 그는 자신이 지금껏 생활하던 그 장소로 돌아왔다는 사실이 도무지 믿기지가 않았다.

그는 수도 없이 부다페스트에서의 체험을 떠올렸다. 그리고 그때까지 전혀 신경쓰지 않았는데도 어느 날 문득 왕궁의 지하 미궁을 걷던 때가 떠올랐고, 갑자기 가슴속 깊은 곳이 술렁거리는 것을 느꼈다. 그때는 별다른 흥분이 일지 않았는데, 그래서 더더욱 의미가 있다고 볼 수 있는 게 아닐까.

그는 자신이 눈에 보이지 않는 투명한 미궁에 갇혀버렸다는 생각에 사로잡혔다.

언제 어디에 입구가 있었는지는 알 수 없다. 페데리카가 초대한 그 저택의 엘리베이터에 올라탔을 때일까, 미사와 우연히 만났던 카페에 훌쩍 발을 들였을 때일까, 아니면 시가지의 도로 표지판에 쓰인 주의사항을 알아채지 못하고 계속 걸어가버렸던 것일까. ……

훨씬 전이었다. 아마도 지진 재해 후—아니, 그보다 더 전이었고, 다만 그 방에 감금당해 사랑을 나누라는 명령을 받고야 비로소 그것이 미궁 속 막다른 길 중 하나였음을 이해한 것이다.

오카다는 자신이 그 미궁의 어디쯤을 헤매고 있는지 도무지 짐작할 수 없었다. 그 벽은 전혀 보이지 않을뿐더러 만져지지도 않아서, 바깥세계가 티끌 한 점 없이 훤히 보이는데도 출구를 어떻게 찾아야 하는지 알아낼 길이 없었다.

만약 그 벽이 흙이나 벽돌로 만들어졌다면 바깥의 사람들은 안에서 누가 헤매고 있는지 알 수 없으리라. 그러나 설령 투명하다 해도 어차피 그들은 그 안쪽에 갇혀 있는 사람을 알아챌 리 없다.

나는 그저 눈에 보이지 않는 벽을 따라 걸어갈 뿐이다. 이따금 막다른 곳에 부딪혀 돌아서고, 제 딴에는 다른 길을 선택한 줄 알고 다시 같은 길을 더듬어간다.

어쩌다 문득 벽이 겨울 하늘의 햇빛을 반사하거나 누군가의 손자국에 희미하게 얼룩진 것처럼 보이기도 했다. 그때마다 그는 미궁의 실재에 대한 계시를 받았지만, 무심코 뻗은 손끝은 어떤 환상에조차 닿지 않았다.

그날 오후, 미사는 리스트 프란츠 공항에 나타나지 않았다.

그녀는 여권을 가지러 페데리카의 집으로 돌아갔다. 같이 가겠다고 해도 괜찮다며 고개를 저었고, 어리둥절해하는 그의 눈을 보고는 미소지으며 고개를 끄덕였다. 페데리카를 자극하고 싶지 않다는 그럴듯한 이유도 덧붙였다. 여권번호를 몰라서 항공권 구입도 미뤘다.

공항에 먼저 도착해 기다리고 있는데 체크인 마감 시간이 다 되어서 '미안해요. 아무래도 오늘 귀국하기는 힘들 것 같아요'라는 메시지가 도착했다. 곧장 전화를 걸었지만 받지 않았다. 오카다는 그녀가 다시 감금돼버린 게 아닐까 걱정스러웠다. 필요하면 가서 도와주겠다는 음성메시지를 남기고, 문자도 보냈다. 답장은 금방 왔다. '괜찮아요. 언제 다시 만날 수 있으면 좋겠네요'라고만 쓰여 있었다. 그 말을 의심해서 비행기를 취소하고, 어디 있는지도 모르는 그녀를 찾아 부다페스트 거리를 돌아다니는 것은 역시나 어리석게 느껴졌다.

그는 혼란스러웠고, 미사의 변심이 배신처럼 다가왔다. 지금껏 힘겹게 통증을 견뎌오던 상처가 격한 심장박동과 함께 쑤시기 시작해 어쩔 줄을 몰랐다. 기묘하게도 그는 페데리카보다 미사를 훨씬 더 용서하기 힘들었다. 만약 이것이 강제로 보낸 문자라면, 일본어를 모르는 페데리카의 눈을 속여 '도와줘'라는 한마디쯤은 얼마든지 쓸 수 있었을 것이다. 요컨대 이것은 미사의 의지로 한 말이며 결단이었다.

그 경박한 정중함은 그의 마음을 강하게 움직였던 새벽녘의 사과까지 더럽혔다.

그는 페데리카의 목소리를 떠올렸다.

"당신은 미사의 본심을 몰라."

악의에 찬 그 예언이 바로 지금 들어맞은 셈이었다.

귀국 후 오카다는 미사에게 연락하지 않았다. 기다리지 않았다고 하면 거짓말이겠지만, 그녀에게서도 소식은 없었다.

그는 제 인생이 조롱당했다고 느꼈다. 그녀에게서가 아니다. 훨씬 막연한, 이 세상 퇴폐 그 자체의 조롱이었다.

그는 강한 무력감에 사로잡혔다. 그것은 스스로 미래를 예견하며 나름대로 계산에 넣었던 여러 좌절감과는 근본적으로 달랐다. 자신이 시시각각 살아가고 있는 이 삶은 이미 웃음거리가 되었다. 그의 과거는 맨발로 썩은 과일을 짓밟아버린 듯한 불쾌한 악취와 끈적임이 남았다. 그런 생각이 흠뻑 젖은 커다란 수건을 등뒤에서 알몸에 들씌운 것 같은 무게와 냉기를 발하며 그를 몸서리치게 만들었다.

그 악몽을 오히려 우스갯소리 모험담처럼 남에게 먼저 털어놔버릴까 생각한 적도 한두 번이 아니었다. 정체를 알 수 없는, 엄청나게 타락한 외국인 부자들에게 여행지에서 알게 된 여자와 섹스를 하라는 날벼락 같은 강요를 받았다. 그런 희한한 이야기가 사람들을 흥분시키고, 경우에 따라서는 선망까지 품게 만들 것임은 그도 충분히 상상할 수 있었다. 그러나 오카다는 자신이 절대 그런 기질을 타고나지 않았다는 것도 알았다. 애당초 친구도 별로 없었다. 게다가 그를 괴롭히는 것은 단순히 구경꾼들이 강요한 행위만이 아니었다. 오히려 해방된 후 미사와 주고받은 포옹과 입맞춤이야말로 가장 심각하게 그를 괴롭혔다.

만약 그날 밤의 굴욕을 복수로 바꿀 방법이 있다면, 그것은 구경꾼들의 눈이 없는 곳에서 둘이 진정으로 사랑을 나누는 것뿐이었다. 그것만이 그 퇴폐에 바친 행위를 멸시하고, 그 흥분에 찬

물을 끼얹는 유일한 희망일 터였다.

실제로 그들은 해방된 후, 아직 신선한 아침 햇살의 품속에서 그렇게 사랑을 나누지 않았던가?

오카다는 미사를 경멸하고 증오하는 수밖에 달리 방법이 없었다. 그녀에게 다시금 호된 재앙이 닥치고 이번에야말로 심각하게 상처받길 꿈꾸다가 이내 허무해져서 자기혐오에 빠졌고, 반대로 그녀와의 재회를 염원했다. 그는 온몸 구석구석까지 차갑게 배어든 적막을 느꼈다. 공연히 사람이 그리워지고, 미사가 아닌 누구에게서도 위안을 얻을 수 없을 것 같았다. 그는 그녀를 사랑하고 있음을 자각했다. 그러나 그래봐야 아무런 방법이 없었다.

해가 바뀌고 눈발이 간간이 흩날리는 2월 초가 되었다.

오카다는 퇴근길 지하철 플랫폼에서 미사가 보낸 메시지를 받았다. 일주일 전에 귀국했고, 지금 혼자 히비야에 있다고 했다. 그는 일단 무시하려 했지만 도저히 그럴 수가 없었다. 전화를 걸어 목소리를 듣고, 당장 만나기로 약속했다.

그녀는 호텔 로비에 앉아 기다리고 있었다. 오카다가 도착하자 순간 못 알아본 듯이 시선을 피했다가 다시 고개를 들었다. 오카다 역시 그토록 간절했던 마음과 반대로 그녀의 얼굴이 기억에서 조금 흐릿해져 있었다.

"오랜만이에요."

"아, ……오랜만이에요."

"좀 말랐나?"

"……응, 일본에 돌아왔더니 아무래도."

"그후로 어떻게 지냈어요?"

"한동안 유럽을 전전했어요. 다시 삼 개월이 지나서 귀국했고."

"페데리카는?"

"그때 헤어지고 끝."

"그렇군, ……"

두 사람은 호텔 1층의 레스토랑에서 함께 저녁을 먹었다. 중단되었던 관계가 서로의 이름을 확인하는 단계부터 어색하게 재개되었다.

미사의 본명은 '미사키'라고 했다. 오카다는 왠지 의외라고 느꼈다. 외국인들이 더 발음하기 쉬워서 그랬다는데, 원래 본명이 마음에 들지 않았으니 앞으로도 미사라고 불러달라고 했다.

그녀는 조금씩 긴장을 풀었다. 딱히 꺼리는 기색도 없이 부다페스트의 카페에서 처음 만났을 때보다 훨씬 잘 웃었고, 그가 매력을 느꼈던 방랑자의 분위기는 멀리 사라지고 없었다.

오카다는 미사와 대화를 이어가면서 뜻밖의 밝은 매력을 느꼈다. 페데리카와 헤어졌기 때문일까? 그러나 만약 그때 만난 사람이 지금의 미사였다면, 그는 페데리카의 파티 초대에 아마 응하지 않았을 것이다. 애당초 페데리카가 그렇게 괴로워하는 일도 없었을 것이다. 불쑥 말을 걸어온 일본인 여자와 그저 두세 마디쯤 주고받고 말았을 것이다. 혹은 잠시 즐겁게 얘기를 나누고 그대로 헤어져 혼자 호텔에서 저녁을 먹었으리라.

아무 일도 일어나지 않는다. 그의 일상은 무엇 하나 변하지 않고, 그로 인해 이토록 누군가를 그리워하며 괴로워하는 일도 없었을 것이다.

그러나 눈앞에 있는 사람은 틀림없는 미사였다. 오카다는 그녀의 얼굴을 가만히 바라보았다. 레드와인을 마시던 미사는 의아한 듯 눈을 치뜨더니 도톰한 입술 사이로 흰 이를 드러냈다.

지금의 모든 것은 그 일 이후의 현실이었다. 미사가 여전히 우울해하고 있든 이런 식으로 완전히 쾌활해졌든, 육체를 그와 함께 우롱당했고 그 못지않게 고통을 강요당했다는 점은 변함이 없었다.

오카다는 상반되는 두 가지 욕구가 고양되는 것을 느꼈다. 식사를 마친 후, 잠시 침묵에 잠겼다가 입을 열었다.

"최근 석 달 동안 난 널 줄곧 미워했어. 도저히 용서할 수 없었지. ……네가 상처받길 바랐고, 아마도 그 이상의 뭔가까지 기대했을 거야."

미사는 한순간 눈을 휘둥그레 떴지만 곧 아무 말 없이 고개를 끄덕였다.

오카다는 그녀가 공항에 나오지 않은 이유를 굳이 묻지는 않았다. 대신 또다른 솔직한 심정을 말로 표현했다.

"그런데도 널 다시 만나고 싶었어."

미사는 말없이 아래를 내려다보았다. 그리고 부다페스트의 카페에서 오카다가 한 말을 곰곰이 생각하던 때처럼 갑자기 웃음을 터뜨렸다.

그날 두 사람은 아침까지 함께 보냈다. 시간이 종이처럼 접히면서, 마땅히 이어졌어야 할 미래와 과거가 연결된 것 같았다.

오카다는 격렬한 황홀에 빠진 와중에 어스름한 조명을 받은 미사의 얼굴에서 묘하게도 몇 번이나 그 구경꾼들의 가면을 보았다. 그러나 그것이 무슨 의미인지 생각하려 들지는 않았다.

□

오카다는 다시 시작된 미사와의 관계에서 맥빠질 정도로 평범한 행복을 느꼈다.

특이한 상황에 억눌려 보이지 않았던 작고 사랑스러운 부분들을 그는 그녀에게서 수없이 발견했다.

이런 일이 있었다. 오카다가 사는 맨션의 같은 층에 키가 2미터는 될 듯한 거구의 카메룬 남자가 혼자 살고 있었다. 어느 깊은 밤, 술에 취한 그가 알몸으로 어슬렁어슬렁 복도로 나와 집집마다 초인종을 눌러대기 시작했다. 주민들은 불쾌해하며 아무도 밖으로 나오지 않았다. 그런데 마침 그의 집에 와 있던 미사가 웃는 얼굴로 처음 보는 그를 오른쪽으로 돌려세우고는 집까지 데려다줬던 것이다.

분명 사소한 일이다. 그러나 오카다는 그 태도에서 그녀에게는 느껴왔던 이지적이고도 대범한 다정함과 두려움 없는 강한 근성을 새삼스레 확인했다. 그런 사람이니 구 개월이나 유럽을 방황할 수 있었던 걸까, 아니면 그 결과가 이것일까. 그리고 상당히 거리가 먼 얘기이긴 하지만, 그날 밤 구경꾼들 앞에서 불능인 그를 위해 꿋꿋하게 최선을 다하던 모습이 겹쳐 보이기도 했다.

오카다는 미사에게 지금도 그때의 구경꾼들이 바라보는 듯한 느낌을 지울 수 없다고 솔직하게 고백했다. 일부러 의식하는 건 아니다. 그런데도 왠지 자꾸 그런 기척이 느껴진다. 특히 그녀를 안을 때는 더더욱.

"한번 촬영해볼까? 우리가 어떻게 보이는지 몰라서 계속 상상만 하니까 불안한 거야."

"촬영이라니, ……그 상황을?"

"그래. 기억은 항상 똑같은 게 아니라 떠올릴 때마다 덧씌워진다고 하잖아? 오늘 그날 밤의 광경을 떠올리면, 내일은 오늘 떠올린 그날 밤의 광경을 떠올리게 되는 거야. 비디오로 촬영해서 둘이 같이 보면 분명 그날 밤의 기억도 달라질 거야. 지우려고 애쓰지 말고, 그렇게 지금 우리 두 사람의 모습으로 덧칠해버리는 게 어떨까."

오카다는 생각지 못한 미사의 제안에 놀랐다. 동시에 그저 그런 위로와는 차원이 다른 구원도 느꼈다. 요즘 그런 행위를 즐기는 남녀가 많다는 것은 알았지만, 직접 시도해본 적은 없었다.

침대를 옆에서 찍도록 비디오카메라를 설치하고, 방의 조명은 그대로 켜두었다.

녹화 버튼을 누르자 둘 다 말이 없어지고 대신 눈짓으로 신호를 주고받았다. 긴장을 풀 셈으로 살짝 웃었다. 서로 옷을 벗기고, 포옹하고, 평소와 같은 순서를 밟아나갔다. 쾌감이 느껴지며 점점 자유로워져서 서로 거리낌없이 행동하고, 상대에게도 그것을 허락했다.

그 일거수일투족이 미추의 구분 없이, 사랑스러움과 우스꽝스러움의 구분도 없이 그저 하나하나 기록된다는 사실에 그들은 신선한 흥분을 느꼈다. 그것은 분명 사람을 무아지경에 빠져들게 만드는 몹시 즐거운 유희였다.

잠시 시간이 흐른 후 둘이서 영상을 재생해보았다. 42인치짜리 대형 텔레비전 화면에 방금 전의 행위가 처음부터 끝까지 낱낱이 재현되었다. 둘은 여전히 알몸인 채 이불 속에 파묻혀 있었다. 오카다는 평소에도 제 모습을 영상으로 찍어본 기억이 거의 없었던데다, 벌거벗은 엉덩이나 등을 바라보기는 처음이었다. 그것은 욕실 거울로 뾰루지를 확인할 때와는 전혀 다른 기분이었고, 근육이 경직되었다 이완되었다 하며 한시도 가만있지 않는 50킬로그램가량의 무게와 얽히고설키는 모습을 속속들이 관찰할 수 있었다.

몇 번 렌즈를 의식했던 것 같은데, 그 기억대로 화면 속의 그가 이쪽을 돌아보았다. 그것은 오카다가 지금껏 한 번도 알지 못했던 표정이었다. 나는 늘 저런 표정을 짓고 있는 걸까. 그는 명백하게 만족하고 있었다. 자신의 쾌감과 미사의 쾌감이 톱니바퀴처럼 절묘하게 맞물리고, 게다가 그 톱니바퀴를 자신이 돌리고 있다는 만족감에 우스꽝스러울 만큼 푹 빠져 있었다. 그는 자신의 단순한 정복욕에 어이가 없어졌고, 자존심을 채우고 기뻐하는 그 모습에 씁쓸한 미소를 금하지 못했다.

예감했던 대로 이 모든 것은 한순간의 유희였다. 두 사람 관계의 근본적인 확인이 아니라 오히려 그 관계를 간질이고, 휘어버리고, 경련하게 하고, 비트는 것에 지나지 않았다.

오카다는 미사의 의도가 이미 성과를 거두었음을 느꼈다. 그는 행위중에도 오로지 카메라에 기록되는 것을 의식하느라 그 구경꾼들의 시선을 잊고 있었다. 그리고 지금, 카메라를 통해 구경하고 있는 것은 그들 자신이었다.

두 사람은 그후 몇 번이나 영상 촬영을 시도했고, 행위가 끝난 후 항상 함께 재생해 보았다. 사정과 동시에 욕망이 급속히 퇴조하는 남자의 생리 때문에 그는 얼마간 멍하게 가라앉은 기분으로 영상을 바라보곤 했다.

오카다의 기억 속 악몽은 몇 겹이나 덧씌워지고, 변용되고, 마침내 희미해졌다. 돌이켜보려고 하면 구경꾼들 앞에서 장난치듯 들러붙어 있는 둘의 모습이 뇌리에 떠올랐다. 그는 불능이 아니었다. 그녀는 웃는 얼굴이었다. 두 사람은 감금당한 쪽인 동시에 감금한 쪽이었다. 명령받은 쪽이자 명령한 쪽, 그리고 연기자이자 구경꾼이었다.

"그건, ……결국 뭐였을까?"

"그거라니?"

어느 저녁, 영상을 보고 난 오카다가 미사에게 조용히 물었다.

"그날 밤 말이야. 페데리카가 그들에게 우리를 어떻게 해달라고 말했을 거 아냐? 널 사랑하면서도 복수하려고 그런 부탁을 할 수 있을까?"

"끌려온 사람 모두가 피해자는 아니었을지도 모르지."

"바람잡이? 그런가? 첫번째 순서였던 백인들이 명령을 받아들여서 나머지도 따르는 분위기가 되긴 했는데, ……그럼 저항하지 않은 그 둘은 미리 짜놓고 연기를 한 건가? 포르노그래피를 라이브로 즐겼다. 다른 사람들도, ……폭행당하고 피를 흘린 사람만 진짜 피해자고, ……"

"이제 상관없잖아? 난 거의 다 잊었어."

미사가 가로막듯이 말했다. 오카다는 그것이 그녀의 본심인지 아닌지 살피려다 그만두었다. 그리고 "미안해"라고 말했다.

"나도 잊어가고 있어. 그래서 오히려 다시 생각이 난 거야. 앞으로 이 얘기는 안 할게."

그는 옷을 입고 저녁을 준비했다. 미사도 거들면서 식기 선반에서 커틀러리 한 세트를 꺼내왔다.

"이거 뭐야? 멋있다. 앤티크? 녹이 좀 슬었네."

오카다는 그것을 보고 의아한 눈으로 그녀를 바라보았다.

"그때 그거잖아. 넣어두고 꺼내보지도 않았어."

"그때 그거?"

"그래, ……아니, 기억 안 나면 됐어."

그는 고개를 갸웃거리는 그녀에게서 커틀러리를 낚아챈 후, 그대로 버릴 생각으로 옆에 있던 비닐봉투에 넣어 입구를 단단히 묶었다.

□

미사와 다시 연락이 끊긴 것은 그러고 얼마 지나지 않아서였다. 부다페스트에서 헤어졌을 때처럼 오카다는 또 외톨이가 되었다. 그때와 다른 점은 그가 몇 번이나 연락을 취했지만 그녀가 응하지 않았다는 것이다. 전화를 받지 않고, 문자메시지에도 답장이 없었다. 늘 그의 집에서 만났기 때문에 그녀의 집이 어디 있는지조차 그는 알지 못했다.

무슨 일이 생겼나? 오카다는 지난 반년간 두 사람의 관계를 되돌아보고, 다시 최근 한 달 정도를 되짚어보았다. 촬영해둔 영상을 돌려 보며 그녀의 표정 어딘가에 그 의미를 알아채지 못한 그늘이 없는지 찾아보았다.

그러나 헛수고였다. 그녀가 떠나고 남은 것이 그저 그 유희의 영상뿐이라는 사실이 그의 고독을 더욱 부채질했다. 그는 다시금 구경꾼들의 시선을 느끼고 괴로워했다. 이제는 미사도 없이.

결국 그는 투명한 미궁을 끝없이 방황하게 되었다. 그리고 저도 모르는 새 또다시 부다페스트의 그 하룻밤으로 돌아가곤 했다.

두 달이 지났다. 아침부터 갑자기 추워져서 오카다는 그해 처음으로 트렌치코트를 입고 출근했다. 끝을 모르고 지루하게 이어진 여름 뒤에 찾아온 가을은 처음부터 오래 머물 생각이 없는지 성급하기 그지없었다.

퇴근해서 집에 들어온 오카다는 미사가 보낸 문자메시지를 받았다. 지금 집으로 가도 되겠느냐는 내용이었다. 옷을 갈아입은 후 괜찮다고 답장을 보내자 삼십 분쯤 뒤에 초인종이 울렸다.

그는 현관문을 열고 미사와 마주섰다. 그런데 그의 눈앞에서 그녀는 두 사람이 되어 있었다. 오카다는 순간 환각인 줄 알고 움찔 놀라 눈을 휘둥그레 떴지만, 무슨 연유인지 신기하게도 금방

이해할 수 있었다. 그것이 그의 인생이 당한 조롱의 마무리였다.

미사는 쌍둥이 자매였다. 한 사람은 오카다가 부다페스트에서 만났던 '미사토'. 다른 한 사람은 그가 반년간 관계를 맺어온 '미사키'. —

오카다는 쌍둥이를 직접 만나보기는 처음이었지만, 두 미사는 일란성쌍둥이 중에서도 유독 많이 닮은 편이었다. 그는 문을 열고 둘 중 먼저 본 사람이 누구인지조차 분간할 수 없었다. 머리 모양은 다르지만 길이는 엇비슷했다. 옷차림으로도 구별할 수 없었다. 동요하는 그에게 자매가 먼저 각자의 이름을 밝히며 설명했다.

식탁을 사이에 두고 두 사람과 다시 마주앉았다.

오카다는 쌍둥이 자매가 아니라 자기 인생에 일어났을지도 모르는 두 가지 가능성을 눈앞에 둔 심정이었다. 부다페스트에서 악몽 같은 하룻밤을 함께했던 미사와 일본에서 재회한 인생과, 재회하지 않은 인생. 두 명의 인간이라기보다 서로 다른 두 세계가 병존하는 것 같았고, 그 자신 역시 각각의 세계에 속한 두 인간의 삶을 동시에 살아가는 듯한 착각이 들었다.

그리고 두 사람이 실제로 닮은 것 이상으로, 오카다는 지금껏 적극적으로 둘을 혼동해온 것이었다.

기억 속 미사토는 미사키에 의해 반년간 끊임없이 덧씌워졌다. 그날 밤 대리석 바닥에 깔린 진남색 카펫 위에서 딱 한 번 안았던 육체는 이미 이 집의 침대에서 수없이 어울렸던 육체와 기억 속에서 거의 다 뒤바뀌어버렸다. 아마 미사토의 어떤 부분은 그래도 지워질 수 없다고 저항하듯 미사키의 인상에 계속 남아 있었을 테지만.

오카다는 둘 중 동생 쪽인 미사키가 그런 제안을 한 의도를 헤아려보았다.

"어떻게 된 일인지 설명해봐."

오카다의 질문에 대답한 사람 역시 미사키였다.

미사토는 그후 한동안 페데리카의 집에 머물렀던 모양이다. 말 한마디 없이 돌아갈 수가 없어서였다. 눈물을 흘리며 사과하는 페데리카를 용서해주었지만, 오카다와의 미래는 단념했다고 한다.

그녀는 그 악몽을 극복할 자신이 없었다. 오카다와 함께 있는 한 절대 잊을 수 없을 것이다. 더이상 연락하지 않을 생각이었지만 마음에 걸리기는 했다. 그래서 일본에 돌아오자 동생과 상의해 대신 만나러 가달라고 부탁했다. 직접 이별을 고하지는 않더라도, 애매한 태도가 모든 것을 끝내줄 것이었다. 두 자매는 지금껏 살아오며 그런 일이 몇 번 있었다고 했다.

그러나 미사키는 첫 만남에서 오카다에게 호감을 느꼈다. 마치 미사토가 부다페스트의 카페에서 그랬던 것처럼.

"언니가 좋아했던 이유를 바로 알 수 있었어. 그런데 언니의 본심은 이해할 수 없었지. 나한테 대체 뭘 기대하는 건지."

언니의 의도가 무엇이든, 그녀는 솔직하게 쌍둥이 동생이라고 말할 생각이었다. 그렇지만 그 사실을 믿게 만들어야 하는 수고가 성가셨다. 누구 놀리느냐며 농담으로 받아들이지는 않을까. 망설이는 사이 오카다는 추호도 의심 없이 자신을 언니라고 믿었다. 그리고 언니를 '미워했다'는 말이 이상하게 마음을 사로잡았다. 나도 지금껏 그래왔던 게 아닐까. 본질적으로는 사랑하면서도.

언니와 달리 자신에게는 오카다와 아무런 불행한 기억이 없다. 그가 그 기억 때문에 언니에게 얽매여 있다는 것은 안다. 그러나 그건 그냥 내버려둬도 되지 않을까.

처음에는 별로 진지하게 생각하지 않았다. 그런데 점점 이 사랑을 놓을 수 없게 되었다. 사람은 단 한 번의 에피소드 때문에 누군가를 사랑하게 되는 걸까? 사랑을 수태하는 것은 두 사람 사이에 일어났던 일들일까? 그게 아니라, 상대의 인격을 전체적으로 사랑하는 게 아닐까? 실제로 그는 나를 사랑했다. 지금은 이미, 언니보다 깊이. ……

미사키의 이야기는 대략 이런 내용이었다. 그가 잘 알고 있는 이지적인 미사의 말투 그대로였다.

미사토는 그동안 묵묵히 무표정하게 듣고 있었지만, 딱 한 번, 미사키가 언니를 사랑하면서도 미워하고 미워하면서도 사랑했다고 말할 때는 서글픈 표정으로 고개를 살짝 숙이며 몇 번이나 살며시 가로저었다.

오카다는 미사키가 자신과 관계를 맺고 이어간 경위는 이해할 수 있었다. 그러나 심정적으로는 받아들이기 어려웠다.

"언젠가 진상을 밝히면, 내가 받아들일 줄 알았어?"

"최근 두 달 동안 생각해봤어. 그런데, 받아들인다는 게 무슨 뜻이야?"

"나는 네가 아니라 네 언니를 사랑했어. 아무리 쌍둥이라도 다른 사람이잖아. 나보다는 너희가 그런 부분에는 더 민감하지 않아?"

"어떻게 그런 말을 할 수 있어?"

"무슨 뜻이야?"

"둘이 만난 계기가 있긴 하지만, 우린 반년이나 같이 보냈어.

내가 사라졌을 때 보고 싶다고 생각한 건 어느 쪽이야? 언니가 아니라 나였잖아? 나와의 추억을 떠올린 거잖아?"

"너는, ……물론 너는 매력적이야. 하지만 나는 그런 일에 같이 휘말리고, 그런 상황에서도 먼저 추스르고 어떻게든 살아가려고 애쓰던 모습에 마음이 움직인 거야. 계기라는 것도, 역에서 눈이 맞았다거나 하는 수준이 아니야. 넌 절대 알 수 없는 것이 있었어."

"그런 게 있으면, 뭐? 날 더이상 사랑할 수 없어? 사랑하지 않아?"

오카다는 반론하려 했다. 그러나 그녀의 질문에 말로 답하려 할수록 마음속에서 느끼는 것과는 멀어지는 느낌이었다.

그는 지난 반년을 되돌아보았다. ―그래, 나는 그 '시작'이 없었더라도 그녀를 충분히 사랑하고 있는 것이 아닐까? 미사토가 아니라 미사키를.

"언니는 당신을 사랑할 수 없어. 실제로도 사랑하지 않아. 하지만 난 사랑해."

미사토가 입을 열기도 전에 미사키가 끼어들어 대신 말했다. 오카다는 자매 사이의 경쟁은 헤아릴 수 없었다. 하지만 상대방이 이미 관계를 돌이킬 수 없게 됐음을 오랜 시간을 들여 충분히 확인한 후에 비로소 이런 고백에 다다른 그녀의 교지狡智가, 아홉 달이나 남의 호의에 기대어 유럽을 전전하고 종국에는 페데리카를 그토록 괴롭혔던 미사토의 방자放恣와 매우 닮았다고 느꼈다.

미사토는 어깨를 움츠리며 한숨을 내쉬었다. 그리고 눈가에 희미한 미소를 머금고 오카다를 바라보았다. 그 눈빛이 그를 다시 석양이 밀려들던 부다페스트의 카페로 끌고 갔다. 그는 미사토 특유의 앙뉘ennui에 얽혀드는 느낌에 가슴이 답답해졌다. 나는 미사의 무엇을 사랑해온 것일까. 그러나 생각하려고 할수록 그동안 고의로 그를 혼동시켜온 두 사람은, 급기야 그의 안에서 분간할 수 없을 만큼 점차 하나로 뭉뚱그려졌다.

"네 생각은 어때? 네가 이 얘기의 당사자잖아. 이 사람—동생이 한 말이 맞아?"

그는 힐난하듯 미사토에게 물었다.

"대체로는. ……나를 좋아했다면, 동생도 별로 다르지 않으니 상관없잖아. 복잡하게 생각할 것 없어."

"진심이야?"

"유전적으로는 완전히 똑같아. 가정환경도. 면역 시스템은 다르다더라, 쌍둥이라도. ……하지만 그런 건 상관없잖아?"

"난 지금 진지하게 말하고 있어. 진지하게 대답해."

"오카다 씨, 나랑 사귀어봐야 남는 건 후회뿐이야. 똑같이 생겼어도 동생이 나보다 머리도 좋고 착실해. 저애는 무슨 일이 있어도 방랑 여행 같은 건 떠나지 않아. 귀국 후에 나와 다시 만났다면 어떻게 됐을지 쉽게 상상이 가. 난 그날 밤 일을 잊을 수가 없어. 오카다 씨도 마찬가지 아냐? 둘이 괴로워하기만 하다가 진즉 헤어졌을 거야."

오카다는 지금 이 순간 자신이 여전히 구경꾼들의 시선을 받고 있음을 생생하게 느꼈다. 그들은 연달아 그에게 명령을 내린다. —사랑을 나눠라, 라고. 그리고 머뭇거리는 자신을, 이미 먼저 사랑을 나눈 많은 사람이 짜증스러운 듯이 종용하고 있었다.

"넌 이제 어쩌려고?"

"아직 모르겠어. 별로 일본에 있고 싶진 않으니까, ……다시 페데리카에게 돌아갈지도 모르겠어."

"페데리카?"

오카다가 미간을 찌푸렸다. 그 모습에 미사토는 그저 약간 서글픈 듯 웃어 보일 뿐이었다. 진심인지 짓궂은 농담인지조차 분간할 수 없었다. 그러나 그 이름을 꺼내서라도 자신과 거리를 두려는 심정에는 거짓이 없음이 분명했다.

그는 자신이 왜 그토록 미사토에게 끌렸는지 비로소 이해했다. 그녀는 그가 이 미궁 속에서 조우한 단 한 명의 인간이었다. 그날, 막다른 골목에서 그들은 고독했다. 그리고 지금 제아무리 가깝게 느낀다 해도 자신과 그녀는 그 투명한 벽에 가로막혀 있음을 깨달았다. 그날 아침, 불과 몇 시간 사이, 각자의 길을 걸어 버린 탓에. ……

그는 한동안 침묵을 지켰다. 그리고 미사토를 바라보며 고개를 끄덕이고, 미사키에게는 "조금 생각할 시간을 줘"라고 대답했다.

□

사흘 후, 미사키 혼자 오카다의 집을 찾아왔다. 때마침 그는 저녁을 먹고 소파에서 앞으로의 계획을 생각하던 중이었다.

오카다는 그녀를 어떻게 대해야 할지 여전히 정하지 못했다. 그러나 미사토 없이 만나보니 결론은 이미 나 있는 기분이었다.

커피를 따른 잔을 건네자, 그녀는 별것도 아닌 그 행동에 몹시 감상적인 표정을 지었다. 오카다는 이 한 잔이 미래에 대해 가지는 의미를 생각하는 걸까 하고 짐작해볼 뿐이었다.

그녀는 잠시 후 "있지" 하며 얼굴을 들었다.

"녹화한 영상 좀 보여줄래?"

"영상이라니, ……그걸? 지금 보겠다고?"

"응, 맨 처음부터."

오카다는 도저히 그럴 기분이 아니었지만, 영상의 내용이 내용인만큼 일방적으로 관리자처럼 굴 수도 없었다.

그는 그녀의 요청대로 하드디스크에 저장해둔 영상을 재생했다. 어쩌면 이것을 끝으로 없애버리자는 뜻일지도 모른다. 분명 마땅히 그래야 했다.

미사키는 침대 위 오카다에게 바짝 붙어 앉아서, 첫번째라 조금 긴장한 두 사람의 몸짓을 마른침을 삼키며 지켜보았다. 방의 조명이 어두워서 화면 빛이 그녀의 얼굴에 짙은 음영을 드리웠다. 음량을 줄여놓았지만 불분명한 소리들이 구석구석까지 은근하게 울려퍼졌다.

오카다는 몇 번이나 돌려보았던, 포개진 두 개의 나체를 바라보았다. 그러다 별안간 목덜미 언저리에서 피어오르는 냄새에 움찔하며 몸이 굳어졌다. 말없이 그녀를 내려다보다가 어안이 벙벙해졌다. 그녀는 분명 그 눈길을 느꼈을 테지만, 결코 돌아보지 않았다.

—왜 당연하다는 듯이 미사키가 왔다고 믿었을까? ……

서서히 적극적으로 변해가는 세번째 영상을 보던 그녀가 "오늘은 촬영 안 해?"라고 물었다. 오카다는 그녀의 눈을 바라보았다. 그곳에는 예의 대리석 바닥에서 올려다보았던 상들리에의 불빛이 깊이 박힌 유릿조각처럼 여전히 빛나고 있었다.

네번째 영상이 시작되기 전 그는 영상을 멈추고 비디오카메라를 꺼냈다. 녹화를 시작한 후, 서로의 옷을 벗기고 긴장을 풀 셈으로 웃었다.

두 사람은 서로를 간질이듯 장난을 쳤다. 힘껏 끌어안고, 입술을 포개고, 거친 숨을 몰아쉬며 정신없이 황홀경에 빠져들었다. 있었어야 할 미래를 그리면서. ……

끝난 뒤에도 카메라는 한동안 멈추지 않았다. 두 사람은 알몸으로 말없이 침대에 누워 있었다.

이윽고 미사가 일어나더니 "그만 가야겠어"라고 중얼거렸다.

"간다고?"

"……응. 방금 찍은 영상, 복사해줄래?"

"어, ……그래."

"당분간 갖고 있을래. 언젠가는 없애겠지만, 그때까지는 갖고 있을래."

그들은 현관에서 다시 한번 서로를 껴안고 입맞춤을 나눴다. 그날 밤의 기억은 이미 몇 겹이나 덧칠해졌다. 그러나 날이 막 밝아오던 호텔방 창가에서의 기억만은 여전히 덧씌워지지 않은 채 남아 있었다. 하지만 그것도 내일이면 이 순간과 뒤섞여 새로운 기억으로 회상되리라.

현관의 자동조명이 꺼졌다가 그들의 움직임을 감지하고 다시

켜졌다.

그들의 찰나는 영원으로 비약하지 않는다. 그러나 따분해진 영원은 취광醉狂으로, 이렇듯 하잘것없는 찰나로 모습을 바꾸곤 하는 것이다.

그날 아침처럼 오카다는 미사를 배웅했다.

그녀는 멀어져갔다. 그리고 얼마간 시간이 지나면, 그는 미사키와 재회하게 되리라. 이 투명한 미궁의 한 귀퉁이에서, 출구를 찾아 헤맨 그 끝에서. ……

family affair

1

마을 외곽의 나지막한 언덕에 자리한 화장장은 주위가 나무로 에워싸여 대낮인데도 쥐죽은듯 고요하다.

6월 말의 화창한 날이었다. 햇살이 어제까지와 사뭇 달라 대기실로 안내받은 유족 몇몇이 창가에서 밖을 내다보며 조금 이르지만 이제 장마가 끝난 것 같다는 얘기를 주고받고 있었다.

고인의 장녀이자 상주인 도시에는 입구 근처에 무릎을 꿇고 앉아 손수건으로 코밑의 땀을 훔쳐내고 있었다.

몇 년 사이 살이 붙어서 오랜만에 꺼내 입은 상복이 금방이라도 터져나갈 듯이 꽉 끼는 통에, 그녀는 장례식 중 눈물을 훔치는 김에 이마나 목덜미의 땀도 찍어 누르느라 바빴다.

그저 더워서만은 아니었고, 상황이 상황인만큼 아버지를 잃은 슬픔에 땀이 솟구치기도 했다.

도시에 옆에는 상주를 거들 겸 여동생 미쓰코가 붙어 앉아 있었다. 점심으로 시킨 초밥이 조문객에게 다 전달됐는지 아까부터 몇 번씩 확인하는 중이다. 겨우 대답을 다 받고 나자 한숨을 내쉬며, 옆에 있는 언니가 작은 물고기 모양 튜브로 다랑어와 연어알 위에 간장을 뿌리는 모습을 바라보았다. 그러다 갑자기 웃음을 터뜨리는가 싶더니 "언니, 분향할 때랑 손놀림이 똑같네"라고 말했다.

도시에는 무슨 뜻인지 모르겠다는 듯이 돌아보았지만, 곧 자기 손 모양을 보고 납득한 듯이 "정말 그러네. 미짱, 눈썰미가 정말 대단해" 하고는 가느다란 눈을 초승달처럼 만들며 웃었다.

도시에는 발그레하고 동그란 얼굴에 꽤 선명한 점이 다섯 개쯤 있었다. 피부는 갓 쪄낸 찐빵을 연상시키고, 머리숱은 줄었지만 나이에 비해 검은 편이다.

세상에는 가만있어도 웃는 것처럼 보이는 얼굴이 있는데, 그녀도 그런 편이라 어릴 적에는 뜻하지 않게 선생님에게 야단을 맞거나 반 친구들에게 빈축을 사기도 했다. 반면 언제 정말로 웃는지는 좀처럼 알 수 없었다.

미쓰코는 옛날부터 언니의 그런 얼굴을 보면 공연히 짜증이 나곤 했다. 나이도 먹을 만큼 먹었으니 이제 그만 익숙해질 법도 한데 되레 예전보다 더 심해졌다. 대개는 옆에서 보는 사람이 당황할 만큼 쏘아붙이지 않고는 못 배겼다. 어쨌든 아주 잠깐이라도 언니가 웃음을 지운 얼굴을 보지 않으면 직성이 풀리지 않는 것이다.

"그나저나 언니는 환갑도 지났는데, 어쩜 그렇게 신진대사가 활발해?"

"이런 것도 신진대사인가? 정말 땀이 끝도 없이 나네. 미짱은 기모노도 입었는데 덥지 않아?"

"전혀. 에어컨 때문에 추울 정도야."

"그래?"

도시에가 눈을 휘둥그레 떴지만 흰자위는 쌀알 크기 정도밖에 보이지 않았다. 그리고 수건으로 엄지와 검지를 훔치고 천천히 냄새를 맡아보고는 말했다.

"정말, 간장이랑 향 냄새가 같이 난다."

언니와의 대화가 늘 그렇듯, 결국 미쓰코 역시 웃는 건지 아닌 건지 분간하기 힘든, 딱해하는 것 같기도 하고 깔보는 것 같기도 한 표정을 지었다.

고가 소키치는 향년 팔십육 세였다. 칠 년 전 뇌일혈로 쓰러진 후 집에서 자리보전만 하고 있었기에 집안사람들 중 이 죽음을 받아들이지 않으려는 이는 없었다. 물론 슬픔은 느끼지만, 불합리하게 다가오진 않았다. 그래서 조문객들의 얼굴에는 장마 막판에 쏟아지던 비가 그치고 맑게 갠 하늘 같은, 어딘가 상쾌한 빛이 내비쳤다.

십오 년 전 어머니를 먼저 떠나보내고, 그후 혼자서 아버지를 마지막까지 돌본 도시에의 노고를 사람들은 초상날 밤부터 잇달아 치하했다. 물론 아버지의 죽음은 슬프겠지만 한편으로는 후련하기도 할 테고, 그런 마음을 누가 비난할 수 있겠는가. 그것이 이 독신—마침내 부모 둘 다 죽고 혼자가 되어버린—친척에 대한 모든 이의 한결같고 다정한 심경이었다.

누구나 그렇게 생각할 수밖에 없었다. 무엇보다 도시에 자신도 고개만 끄덕일 뿐 아무런 반론을 하지 않았다.

미쓰코는 밥을 다 먹고 뛰어나가는 두 아이의 등에 대고 "두시까지는 돌아와"라고 말했다. 그릇에 남은 새꼬막을 내키지 않는 듯이 두세 번 집어먹다가 다시 젓가락을 내려놓고, 잠시 차를 마시며 멍하니 앉아 있었다. 그러고는 여전히 물수건으로 땀이 밴 얼굴을 찍어 누르고 있는 언니에게 말했다.

"그나저나, 아오이는 오빠랑 연락됐대?"

"안 됐대."

미쓰코가 요란스럽게 한숨을 내쉬었다. 실은 이미 알고 있었지만, 여기서 다시 이야기를 꺼내지 않고는 넘어갈 수 없었다.

"정말 대단하셔. 엄마 장례식에는 그나마 얼굴이라도 비쳤는데. 원래도 딴 세상 인간이긴 했지만, 이 지경까지 오니 오히려 아버지보다 오빠가 더 죽은 사람 같다니까. 친지들이 모두 슬퍼하고 있는데 혼자 어디서 속 편하게 살고 있는지. 제자들도 그렇게 많이 와줬는데. 오빠는 아직 아버지가 살아 계시는 줄 알걸."

그렇게 말한 미쓰코는 아이들이 나간 쪽에서 혼자 담배를 피우고 있는 조카 아오이의 등을 바라보았다.

말이 조카지 장남 히로카즈가 십대에 낳은 자식이라 이번에 나이를 물어보니 벌써 마흔여섯이 되었다고 했다. 도시에가 예순두 살, 미쓰코가 쉰네 살이니 옛날부터 조카라기보다 사촌동생 같은 느낌이었다.

적갈색 머리칼이 이마 위로 구불구불 내려오고, 뒷머리는 목덜미가 보일 정도로 바짝 잘랐다. 티 나는 O다리를 어깨너비로 벌리고 팔짱을 낀 채 담배를 피우는 뒷모습에서는 이래저래 삼십 년 가까이 물장사를 하며 살아온 여자 특유의 초연함이 묻어났다. 나잇살은 적당히 붙었지만 독신에다 아직 각종 연애사와

거리가 멀지 않은 그 몸에는 친척들이 모이는 이런 장소와 도무지 어울리지 않는 색기가 깃들어 있었다. 무슨 얘기를 하든 분명 말이 통하지 않으리라 지레짐작하고 뒷걸음치게 만드는 분위기를 부러 풍기면서, 오랜만에 만난 친척들과 거의 시선도 마주치지 않는 눈치였다.

실제로 부고를 듣고 달려온 뒤로 아오이는 거의 도시에하고만 대화를 나누었다. 미쓰코에게는 유달리 퉁명스러웠고, 미쓰코 역시 옛날부터 노골적으로 아오이를 싫어했었다.

아오이는 예전에 운영하던 술집에서 미성년자를 고용했다는 이유로 경찰에 체포된 적이 있었다. 실은 가출한 여자아이를 지인의 부탁으로 데리고 있었는데, 그 보답으로 가게에 나와 설거지 따위를 돕는 아이의 모습을 보고 누가 신고한 것이었다.

이 사건은 지역 방송국 뉴스에도 나왔고, 아오이는 기소유예 상태로 일 개월 영업정지 처분을 받았다. 도시에는 그때 아오이의 당당한 태도에 감탄했지만 미쓰코는 달랐다.

"언니는 잘 모르는 모양인데, 아오이는 요령이 좋아서 뒤에서 제 잇속을 챙기고도 남아. 실제로 그 어린애를 노리고 가게에 온 손님도 있지 않겠어? 절대 만만하게 보면 안 돼."

미쓰코의 말에 따르면 히로카즈와 아오이는 피차 '불량 부녀'

였지만 특히 아오이는 아버지를 싫어했고, 대신 할아버지 소키치를 무척 잘 따랐다. 어머니는 히로카즈와 헤어진 후 재혼했는데, 아오이가 새아버지와도 잘 지내지 못하는 바람에 결국 모녀 관계까지 꼬여버렸다.

십대 때는 상당히 비뚤어져서 고등학교도 중퇴했다. 그러나 소키치는 이 손녀를 각별히 아꼈다. 어릴 적에는 동물원에 데려가거나 백화점에서 장난감을 사주거나 하며 애지중지했다. 딸 도시에나 미쓰코조차 아버지에게 그런 대접을 받은 기억이 없었다. 아오이가 술집을 낸 후로는 술을 즐기지도 않으면서 이따금 가게에 얼굴을 비치곤 했다. '출자자 자격으로' 들른다는 것이었다. 아오이도 자리보전 신세가 된 할아버지에게 자주 병문안을 왔다. 간병하던 도시에와 가까워진 것도 그때였다.

소키치가 손녀의 처지를 동정했다는 것은 쉽게 짐작이 가지만, 제 입으로 그런 말을 한 적은 없었다. 극단적으로 과묵한 사람이라 딱히 언짢은 구석이 없어도 남과 대화하지 않는 것이 보통 상태라고, 미쓰코는 옛날부터 아버지를 소개할 때 상대에게 살짝 귀띔해주며 양해를 구하곤 했다.

어제 장례식이 끝난 뒤에야 미쓰코는 그런 아버지를 그리워하며 예전에 있었던 '유괴 소동' 이야기를 꺼냈다.

소키치가 뇌일혈로 쓰러지기 이 년 전 연말이었다. 미쓰코의 가족은 웬일로 여행도 가지 않고, 아버지와 도시에 단둘이 사는 친정집 공공아파트로 놀러왔다.

저녁식사는 근처 패밀리레스토랑에서 하기로 했는데, 소키치는 집에서 오차즈케*나 먹겠다며 혼자 집에 남았다.

미쓰코네 아이들은 첫째 딸도 둘째 아들도 아직 초등학생이었다. 낮부터 과자를 너무 많이 먹은 탓에 패밀리레스토랑에서는 깨작거리며 통 먹질 않아 미쓰코에게 야단을 맞았다. 그래서 잠시 얌전해졌지만, 조금 지나자 여덟시에 시작하는 만화영화를 보고 싶다며 할아버지 집에 먼저 가겠다고 했다.

집은 걸어서 십오 분쯤 걸리는 거리였다. 미쓰코 부부는 처음에는 허락하지 않았다. 그러나 너무 시끄럽게 칭얼대자 결국 "어두워서 위험하니까 육교로 건너서 가야 해" 하며 먼저 보내주었다. 도시에도 말리지 않았다.

세 어른이 식당을 나선 것은 고작 십오 분 후였다. 눈은 오지 않았지만, 내일 아침에는 얼음이 얼겠다 싶은 추위였다.

집에 도착하니 거실에서 소키치 혼자 고타쓰**에 들어앉아 텔

* 녹차에 밥을 말아먹는 요리.

레비전을 보고 있었다.

"어머, ……아버지, 마나랑 겐은요?"

"모르겠는데."

"먼저 오지 않았어요?"

"아니."

"어머, ……어디로 간 거지?"

넷이서 얼굴을 마주보았다. 미쓰코는 큰 소리로 두 아이의 이름을 부르며 좁은 아파트의 방들을 돌아다녔다. 전부 쥐죽은듯이 조용했다. 잰걸음으로 거실로 돌아오자 미쓰코의 남편이 불안한 눈빛을 보였다.

"아, ……그러고 보니 조금 전에 스쳐간 흰색 차에 어린애 둘이 타고 있었던 것 같은데, ……"

"뭐라고? 어디서?"

"주차장에서, ……설마 유괴는 아니겠지?"

미쓰코는 하얗게 질려서 "빨리 경찰에 신고해야 해!" 하며 전화기를 집어들었다.

"나, 나는 밖에서 찾아볼게!"

허둥대는 부부 옆에서 도시에는 아무 말 없이, 그러나 분명 보

** 탁상 모양의 난방기구.

기에 따라서는 웃고 있다고도 판단할 만한 표정으로 아버지를 바라보고 있었다.

"언니, 좀 비켜! 거치적거리잖아! 정말 좀…… 아, 여보세요! 여보세…… 아, 네, 저기, 애들 둘이 유괴된 것 같아요! ……유괴! ……"

미쓰코가 울먹이는 목소리로 외쳤다. 그러다가 리모컨을 집어 텔레비전을 끄더니, 내동댕이치듯 고타쓰 위로 집어던졌다. 소키치는 리모컨에 손을 얹은 채 미쓰코를 올려다보았다.

"그렇다고요, 좀 찾아주세요! 주소는, ……"

이윽고 미쓰코가 비통한 목소리로 설명하려는 순간, 어디선가 쿵 소리가 들렸다. 다 함께 복도 너머 소키치의 방 쪽을 바라보았다. 별안간 복도를 달려오는 발소리가 들리는가 싶더니, 두 아이가 허겁지겁 거실로 뛰어들어왔다.

"엄마, 우리 여기 있어!"

미쓰코는 재빨리 손으로 수화기를 막았다. 그리고 새빨개진 얼굴로 아이들을 노려보며 소리 없이 입술만 달싹이더니 전화선 너머 경찰에게 "죄송합니다, ……집에 있었네요" 하며 연거푸 고개를 숙였다.

수화기를 내려놓자마자 미쓰코는 벌겋게 달아오른 얼굴로 호통을 쳤다.

"이것들이 정말, 장난도 유분수지!"

그녀가 아이들 못지않게 화를 퍼부은 상대는 아버지였다.

"아버지는 왜 대체 말을 안 한 거야!"

고타쓰를 내리치면서 따지고 드는 딸에게 소키치는 그저 "말 안 하기로 약속했으니까"라고만 대답했다. 그러고는 다시 텔레비전을 켰다. 옛날 유행가가 흘러나왔다.

"잠깐만, 아버지, 이게 웃을 일이야? 텔레비전 꺼! 내가 얼마나 마음 졸였는지 봤잖아!"

미쓰코의 화는 좀처럼 가라앉지 않았다. 그러나 결국에는 한껏 풀이 죽은 아이들을 데리고, 휴대전화도 없이 튀어나간 남편을 찾으러 나갔다. 현관문을 있는 힘껏 처닫고서.

아버지는 말없이, 엷은 웃음기를 머금은 얼굴로 텔레비전을 보고 있었다.

도시에든 미쓰코든, 아버지가 남을 놀리는 모습을 본 것은 그때 한 번뿐이었다.

"왜 그랬을까? 난 아직도 모르겠어. 돌아가시기 전에 한번 물어봐야겠다고 생각은 했는데, 그전에 편찮으셔서 말도 못하는 상태가 되었으니."

미쓰코에게 아버지란 그런 사람이었다. 그렇기에 아오이를 대하는 아버지의 요설—이래봐야 뻔한 수준이지만—은 도무지 이해가 되지 않았고, 거의 저속하게까지 느껴졌다.

두시가 되자 친척들은 다시 경건한 표정으로 납골하는 방으로 모였다.

눈가의 눈물 자국은 다들 말라 있었지만, 아오이만은 방금까지 울었던 듯했다.

화장장을 나온 철판에서 솟구쳐오르는 열기가 순식간에 좁은 방을 점령했다.

남은 뼈는 서글플 정도로 적었다. 누군가가 모래사장에 사람 모양으로 늘어놓은 조개껍데기 같았고, 그 수도 턱없이 부족했다.

친척들이 뼈를 집을 젓가락을 받아들고 직원의 설명에 조용히 귀기울였지만, 도중에 아오이가 슬픔을 견디지 못하고 미쓰코가 얼굴을 찌푸릴 만큼 큰 소리로 목놓아 울기 시작했다.

2

장례를 마치고 며칠이 지난 일요일, 미쓰코는 친정집을 찾았다.

언니 혼자서는 유산 정리가 힘들 거라며 자신이 맡겠다고 나셨던 것이다. 유산이라고 해봐야 이 낡은 공공아파트 한 채뿐이고, 달리 땅이나 주식도 없었다. 그러나 어쩌면 전혀 알지 못하던 예금 따위가 있을지도 모른다. 문제는 장남 히로카즈와 연락이 닿지 않아 유산 분할 합의서를 작성할 수 없다는 것이었다. 유일한 가능성은 아오이지만, 그녀와는 말을 섞고 싶지 않았다.

멋대로 현관을 지나 안으로 들어가자, 도시에가 넋 놓은 얼굴로 아버지의 환자용 침대에 걸터앉아 있었다.

"언니, 괜찮아? 아버지 간병도 끝나고 긴장이 풀려서 그렇지?"

도시에는 여동생을 보고 움찔하더니 평소의 표정으로 돌아갔다. 그 모습을 보자 미쓰코는 걱정해줄 마음이 싹 가셨다.

"정신 바짝 차려야 해. 언니를 돌봐줄 사람은 아무도 없으니까."

그러고는 아무래도 양심에 찔려서 이렇게 덧붙였다.

"아버지는 복이 많은 사람이야. 그런 상태가 돼서도 끝까지 언니가 간병해줬잖아. 정말이지 옆에서 보면 호흡이 딱딱 맞았어. 엄마도 그렇게는 못했을걸. 나도 물론이고."

도시에가 이번에는 확연히 알아볼 수 있는 미소를 지으며, 목에 걸친 수건으로 이마의 땀을 훔치고는 말했다.

"나도 부모님 두 분을 직접 보살필 수 있어서 정말 다행이라고 생각해."

"그래, 그래. 그게 언니 운명이야. 이 집을 계속 떠나지 않은 것도 그러기 위해서였을 거야. 그치?"

그날 도시에는 계속 미뤄뒀던 아버지 방의 벽장 정리를 하기로 했다.

"언니, 여기는 내가 올 때까지 그냥 놔둬도 돼. 혼자 하긴 힘들잖아" 하며 미쓰코가 미리 일러두었던 것이다.

벽장에서는 곰팡내가 났고, 유품은 옷가지, 오래된 사진, 교사 시절의 서류, 몇 번 단체관광으로 다녀온 해외여행 관련 서류, 이유는 모르겠지만 뜯지도 않고 놔둔 라디오 카세트 상자, 목각 불곰 장식품…… 등등 하나같이 차마 버리긴 뭣하고 그렇다고 보관해두기도 곤란한 것들이었다. 소키치 역시 소중하게 간직했다기보다 어쩌다보니 여기에 쌓아둔 듯했다. 아무래도 사진은 버리지 말아야겠다 생각했지만, 그렇다고 누군지도 모르는 사람과 함께 찍은 옛날 사진을 고스란히 남겨두는 게 무슨 의미가 있을까. 미쓰코는 그런 생각을 하며 언니 모르게 얇은 앨범 몇 권을 버릴 물건 더미에 찔러넣었다.

아래 칸이 대강 정리되어서 위 칸의 이불을 치우려 할 때였다. 도시에의 발밑으로 뭔가가 툭 떨어졌다. 미쓰코가 기겁하고 물러서며 "언니, 지네야!" 하고 비명을 질렀다. 도시에는 이불을 품에 안은 탓에 아래를 보지 못했다. 그래서 이불을 제자리에 돌려놓고 방바닥을 응시하더니, "이크, ……진짜네. 안 물리길 다행이지. 작구나" 하며 다리를 번쩍 들었다. 미쓰코는 혹시 발로 짓뭉개려나 싶어 가슴이 철렁했는데, 도시에는 지네를 건너뛰어 부엌으로 갔다.

그녀는 좀처럼 돌아오지 않았다. 그사이 7센티미터쯤 되는 어린 지네는 독기 어린 칙칙한 오렌지색 다리를 고혹적으로 넘실거리며 복도로 기어나갔다.

"언니, 그쪽으로 가잖아! 빨리!"

이윽고 도시에가 주전자를 들고 돌아왔다. 그리고 "어딨어?"라고 묻더니, 미쓰코가 손가락으로 가리킨 곳을 겨냥해 뜨거운 물을 쏟아부었다. 지네는 두세 번 꿈틀대다 배를 드러냈고, 이내 딱딱하게 굳어서 꼼짝하지 않았다. 물이 스며든 바닥에서 수증기가 피어올랐다.

"죽었어? 이제 괜찮나? 그런 방법으로 다 죽이는구나. ……"

"아버지가 늘 이렇게 하셨어."

도시에는 그렇게 말하고 웅크려 앉더니 만약을 대비해 다시 한번 뜨거운 물을 부었다. 거꾸로 뒤집힌 지네의 사체가 살짝 떠오르며 옆으로 미끄러졌다.

복도를 말끔하게 치운 후, 둘은 맥빠진 듯이 보리차를 마시며 밖으로 꺼낸 유품들을 멍하니 바라보았다.

"누워서 꼼짝 못하는데 저런 게 몸에 기어다닌다고 생각하면 온몸에 소름이 돋아. 아버지가 안 물려서 다행이야. 아니면, 물렸는데도 몰랐을까?"

미쓰코가 섬뜩하다는 듯이 위팔 언저리를 긁적인 후, 이젠 가까이 가기도 싫어진 벽장으로 눈길을 돌렸다.

"미짱, 유품으로 뭘 좀 가져가지 그러니."

"저런 걸 가져가서 뭐하게. 아쉽겠지만 그냥 버려. 검소한 인생이셨네, 우리 아버지도."

미쓰코가 유품을 돌아보며 손목시계를 확인했다. 낡은 에어컨은 금방이라도 숨이 끊어질 듯한 소리를 내고 있었다.

"여기 덥다. 난 슬슬 장 보러 가야겠어. 이젠 거의 다 끝났지? ……저건? 저건 뭐야?"

도시에가 으차 소리를 내며 침대에서 일어나 바닥에 무릎을 꿇고 벽장을 들여다보았다.

"아아, 옛날에 아버지가 매실주를 담갔던 병이야."

도시에는 큼지막한 엉덩이를 보이며 바닥에 엎드려 어두운 안쪽에서 유리 용기를 끄집어냈다.

"이거, 꽤 무겁네."

빨간색 뚜껑 손잡이를 잡고 겨우 끄집어내자, 안에 검 테이프로 칭칭 휘감은 종이 뭉치가 들어 있었다. 꽤 오래됐는지 테이프가 변색되어 떨어져 있었다.

"뭐지?"

미쓰코가 컵을 선반에 내려놓고 목을 빼 살펴보았다. 도시에가 손으로 포장지를 찢었다. 내용물은 또 노란색 천으로 싸여 있었다. 천을 펼치자 꾸깃꾸깃한 신문지가 나왔다.

돌과 비슷한 무게였다. 신문지를 손으로 벗겨내자, 드디어 그것이 모습을 드러냈다. 도시에는 꼼짝도 하지 않았다.

"뭔데 그래, 언니?"

미쓰코는 순간적으로 금덩어리가 아닐까 생각했다. 저 정도로 무겁고, 꽉꽉 감춰둘 만한 것이라면 그것뿐이다. 이렇다 할 재산이 없는 아버지였지만 어쩌면 그런 것이 나올지 모른다고 실은 집을 나설 때부터 은근히 기대했었다. 언니가 웃은 것처럼 보였다. 미쓰코도 덩달아 웃었다. 그러나 포장지에서 미끄러져 떨어진 시커먼 물체를 본 그녀는, 이번에는 구렁이라도 나타난 것처럼 얼굴을 굳히고 말았다.

"이게 뭐야, ……세상에……"

난생처음 보았지만, 그 쇳덩어리는 다른 무엇으로도 오인할 수 없었다. —권총이었다.

3

"깜짝 놀랐네, ……장난감이겠지?"

미쓰코는 그렇게 말하며 일단 표정을 풀었지만, 가까이 다가와 살펴보는 사이 점점 아니라는 것을 깨달았다. 그래서 비틀비틀 뒤로 물러나, 구겨진 신문지를 들고서 총을 바라보고 있는 도시에에게 말했다.

"아, ……그 사람이다, 그 왜, 장례식 때 이상한 사람이 하나 왔었잖아. 누군지는 모르겠는데, 럭비 선수처럼 체격이 좋고, ……파마머리에 수염 기른 사람. 분명히 야쿠자야. 아버지가 아오이네 가게 같은 데서 알게 된 거 아닐까?"

도시에도 그 남자를 기억하고 있었다. 아닌 게 아니라 신원이 불분명했고, 게다가 부의를 삼만 엔이나 했다.

미쓰코는 다시 시계를 보더니 핸드백을 집어들며 말했다.

"언니, 아무튼 난 못 본 걸로 해줘, 알았지? 우리는 애들도 있고 하니 얽히고 싶지 않아. 원래 오늘도 언니 혼자 정리하겠다고 했잖아? 그 말대로 했으면 난 모르고 지나갔을 일이야. 아, 정말 운수도 사납네, 하필 이런 때에. ……"

"응, 알았어. 넌 얼른 가봐. 내가 알아서 처리할게."

도시에는 그렇게 말하고 다시 수건으로 땀을 찍어냈다.

"어떻게 처리하겠다는 거야, 이런 걸, ……그래, 아오이한테 물어보면 어떨까? 걔는 아버지한테 무슨 얘길 들었을지도 모르잖아. —아무튼 난 갈게. 난 모르는 걸로 해줘. 알았지? 부탁이야!"

미쓰코는 그 말을 남기고, 언니의 배웅을 막으며 허둥지둥 집을 나섰다.

도시에는 일주일 내내 혼자 고민했다. 그러나 아무도 그 모습을 수상쩍게 여기지 않았다.

그녀는 아버지를 떠나보낸 지 얼마 되지 않았다. 그리고 도시에 같은 사람은 다른 이들보다 훨씬 슬퍼할 것이라고 주위에서도 멋대로 믿고 있었다.

미쓰코는 그후 한 번 전화를 걸어서 아오이와 이야기해보았느냐고 확인했다. 도시에가 아직 못했다고 하자, 그 총의 출처가 아오이일지도 모른다며 느닷없이 지난번과 또다른 억측을 늘어놓기 시작했다. 그런 비밀이 있었으니 아버지가 빈번하게 가게를 드나든 게 아니겠느냐고. 그리고 전화를 끊으면서 다시금 자기는 그날 그 자리에 없었고, 아무것도 모르며, 이제 이 일에는 절대 얽히고 싶지 않으니 한동안 연락하지 말아달라고 다짐을 두었다.

도시에는 아오이에게 전화를 걸어서 집으로 불렀다. 되도록 빨리 와달라고 하자 아오이는 가게를 닫은 뒤 들르겠다고 했다. "새벽 세시쯤이나 갈 텐데 정말 괜찮아?"라고 몇 번이나 의아한 듯이 확인했는데, 마침 그날 손님이 없어서 일찍 가게를 닫고 자정이 넘어갈 무렵 도시에의 집에 도착했다.

낡은 아파트에 금세 아오이의 향수 냄새가 퍼졌다. 가슴골의 가장 깊은 그늘에서 한바탕 부대낀 듯한, 열기가 깃든 달콤새큼한 냄새였다.

하늘색 재킷을 걸쳤고, 목에 금목걸이가 번쩍거렸다. 펄 립스틱을 바른 입술에는 술잔과 담배가 번갈아 닿은 흔적이 보였다. 흐트러진 화장 사이로 피로가 묻어났다.

아오이는 품에 안고 온 종이봉투 두 개와 핸드백을 바닥에 내려놓고, 우선 불단에 향을 피웠다.

"고맙다, 아버지도 기뻐하실 거야."

방울 소리가 잦아들자 아오이는 "할아버지, 그쪽은 지내긴 어때? 할머니도 있어서 외롭진 않지?" 하며 마치 카운터 너머 손님에게 그러듯 말을 걸었다.

그러고는 요란한 소리를 내며 휴지로 코를 푼 후 휴지통을 찾다가 테이블 위의 물건에 시선이 멈췄다. 큼지막한 수박 한 통이 놓여 있었다. 그 옆에 뭔가가 놓여 있고, 숨기려는 듯 노란색 천이 덮여 있었다.

"거기 말고, 이쪽 의자."

"어? 아아, 거기로? 알았어."

"그리고, 저기, 이거 말인데, ……"

도시에가 선 채로 노란색 천을 걷고, 구깃구깃한 신문지를 양손으로 벗겨냈다.

아오이는 저도 모르게 몸을 내밀며 가느다란 갈색 눈썹을 찌푸렸다. 도시에는 틈이 벌어진 약간 누런 이를 드러내며 어색하게 웃었다.

"뭐야, ……이런 물건이 왜?"

"글쎄, ……아버지 벽장에서 나왔지 뭐니. 넌 아버지랑 가깝게 지냈잖아, 혹시 무슨 얘기 들은 것 없니?"

"전혀 못 들었어. 어머, 이거 진짜야?"

아오이는 손을 뻗다가 갑자기 그것이 움직이기라도 한 양 홱 거둬들였다. 그리고 코 푼 휴지를 테이블에 내려놓고는 손수건을 꺼내 지문이 묻지 않도록 총을 집어들었다.

"무거워. 진짜 총이네. 할아버지가 이런 걸 어떻게?"

조금 익숙해지자 아오이는 총을 위아래 옆으로 찬찬히 살펴보고, 총신에 적힌 글자를 뚫어져라 응시했다. "SMITH & WESSON…… 이게 이름인가?"

도시에는 총구가 이리저리 방향을 바꿀 때마다 몸을 오른쪽 왼쪽으로 비틀었다. 그 이마에 맺힌 땀방울이 테이블에 뚝뚝 떨어지는 걸 보고야 아오이는 "아, 미안해, 고모" 하며 총구를 반대쪽으로 돌렸다. 앉을 자리를 굳이 바로잡은 것도 그 때문인 듯했다. 아오이는 총을 다시 신문지 위에 내려놓기 전에 실린더를 들여다보았다.

"이거, 총알 들어 있어."

"전쟁 당시의 기념품일까? 아버지는 총을 만드셨다던데."

"……근로동원 얘기야? 그런데 고모, 이건 새거야. 그렇게 오래된 게 아니라."

"……"

"다른 건? 뭐 짚이는 건 없어? 제자 중에 야쿠자가 된 사람이 있다거나."

도시에는 미쓰코가 말했던 조문객 얘기를 했다. 그러나 아오이는 말도 안 된다는 듯 흘려들었다. 그리고 한동안 총을 바라본 후 울적하게 한숨을 내쉬었다.

"그 사람이야. 분명해."

"……오빠?"

"그래. 달리 누가 있겠어, 이 집에 이런 걸 들고 올 사람이."

아오이는 지병의 통증을 참아내듯 얼굴을 찌푸렸다가 총이 싸여 있던 신문지의 날짜를 확인했다.

"십 년 전, ……흠, 그러고 보니 가게 열고 얼마 안 됐을 때 한 번 찾아왔었어. 내가 체포됐을 때도 경찰이 조사중에 그 사람이랑 어느 야쿠자의 관계를 집요하게 캐물었거든. 설마 무슨 짓을 저지른 걸까?"

"오빠가 조직폭력단은 아니잖아?"

"잘은 모르지만, 똘마니 격으로 무슨 관계가 있을 수도 있지."

"경찰서에 가져가는 게 좋겠니?"

아오이는 담배 좀 피우겠다고 양해를 구하고 제집처럼 자연스레 재떨이를 꺼내왔다. 그리고 몇 모금 피우다가 입을 열었다.

"그만둬, 고모. 야쿠자한테 원한 사면 큰일나. 요즘 법에서는 사용자 책임을 무겁게 따져. 이 물건의 출처를 거슬러가다가 무슨 조직의 보스라도 체포되면 누굴 탓하겠어? 여기는 고모 혼자 사는데, 누가 도와주겠느냐고."

아오이가 군청색 매니큐어를 바른 손으로 얼굴 앞의 연기를 걷어내며, 귀밑머리가 땀에 찰싹 들러붙은 고모를 말없이 바라보았다. 욕창이 곪아 고통스러워하는 소키치 앞에서도 도시에는 곧잘 지금처럼 어쩔 줄 모르는 표정으로 우두커니 서 있곤 했다. 종종 고모를 도와 할아버지를 돌려 눕히던 기억을 떠올리다가 결국 또 그녀가 안쓰러워졌다.

아오이는 마음을 굳히고 담뱃불을 끈 후 말했다.

"고모, 걱정할 거 없어. 내가 어디다 버리고 올게."

"어디에?"

"어디든. 이제부터 생각해봐야지, 이런 것도 할아버지에게 올리는 공양이라 생각하고."

도시에는 찬성도 반대도 하지 않고, 조금 괴로운 듯 입을 다물고 있을 뿐이었다. 아오이는 가져가기 전에 총알을 빼두고 싶어서 다시 손수건으로 감싼 채 권총을 집어들었다.

엄지로 조심스럽게 실린더를 밀어봤지만 꿈쩍도 하지 않았다. 형사 드라마에서 스쳐가며 보았던 기억을 되살려 안전장치로 보이는 돌기를 젖히며 다시 한번 실린더를 밀자, 총알은 생각보다 순순히 본체에서 얼굴을 내밀었다.

그 순간 총이 무해해진 것처럼 느껴졌다. 아오이는 황금색으로 빛나는 금속 총알을 바라보고 다시 표정을 굳혔다.

"이 총, 두 발 쐈어. ……"

4

아오이는 결국 총을 가져가지 않았다. 도시에가 왠지 불길하다고 우기며 허락하지 않았기 때문이다.

도시에의 그 '안 좋은 예감'은 아무런 불상사 없이 빗나갔다. 아오이는 택시를 타고 무사히 집에 돌아갔는데, 그래서 오히려 더 찜찜했다.

실은 뭔가가 일어났는데 자신이 알아채지 못했을지도 모른다. 혹은 뒤로 미뤄져서 앞으로 무슨 일이 벌어지는 것은 아닐까.

그것은 사용하지 않은, 요컨대 무고한 총이 아니었다. 이미 뭔가를 겨냥해 발포된 총이며, 이 세상 어딘가의 무언가가 그로 인해 상처를 입은 것이다.

며칠 후, 이번에는 아오이가 먼저 연락해서 도시에를 영업시간 전 가게로 불렀다.

카운터와 테이블 두 개만 놓인 아담한 가게로, 젊은 여자 아르바이트생이 안쪽에서 안주를 준비하고 있었다. 소키치가 못 온 지 꽤 됐을 테지만 손님들의 술을 보관해두는 벽 선반에는 여전히 '할아버지'라는 태그가 달린 야마자키가 한 병 남아 있었다.

벽 쪽 테이블에 앉자, 아오이는 우선 미쓰코가 의심했던 '럭비 선수 같은 체격'의 조문객은 소키치가 근무하던 학교의 선생님이고, 실제로 럭비부 담당이었다고 알려주었다. 가게에 가끔 오는 소키치의 옛 제자를 통해 알아낸 사실이었다. 외모가 그래서 학생들에게도 '야쿠자'라는 별명으로 불렸지만 지금도 다른 학교에서 버젓이 일하고 있는 체육교사다.

그러고는 인터넷이나 도서관 자료에서 찾아낸, 신문 날짜 이전의 총기 관련 기사 스크랩을 보여주었다. 이 지역뿐 아니라 전국에서 일어난 사건들로, 슈퍼마켓 강도부터 건축업자의 주거지 침입, 조직폭력단의 세력 다툼, 무기밀수 등등 다양했다.

아오이는 한동안 잠잠하던 불면증이 총을 본 날부터 재발한 탓에 눈 밑의 다크서클을 감추느라 평소보다 화장이 짙었다.

"그 두 발은 이런 사건들에 연관됐을 거야. 생각하고 싶지 않지만, 사람이 다친 사건도 있어. ……역시 고모 말대로 경찰서에 가져가야 할 것 같아."

"오빠가 쐈다고?"

"그건 나도 모르지. 뭐, 아직은 지명수배를 당하지도 않았고."

"체포될까?"

"난들 아나."

아오이가 담배를 끼운 손가락으로 테이블을 두드리며 웃음으로 초조함을 억눌렀다. 도시에는 양손을 무릎 위에서 깍지 낀 채로 말했다.

"그렇다면 아버지가 오빠를 감싸준 셈인데."

"할아버지는, ……안에 뭐가 들었는지 몰랐을 거야. 사고뭉치

아들놈이 중요한 물건이라고 속여서 맡겨뒀을 게 빤해."

"그렇다면 오빠는, 직접 경찰서에 가져갈 수는 없으니 아버지한테 맡긴 걸까?"

아오이는 도시에의 추리를 따라가기 힘들었다. 머릿속에서 어떤 이야기가 만들어지고 있는지 모르겠지만, 어쨌거나 아버지와 오빠의 관계에 사랑이라고 이름 붙일 만한 무언가를 찾아내려 애쓴다는 것은 알 수 있었다. 그 마음을 순수하게 여기면서도, 여동생 혼자 병든 아버지를 돌보고 있는 고향집에 이런 물건을 두고 간 히로카즈가 더더욱 용서되지 않았다.

"설마, 자살할 용기는 없으니 대신 쏴서 죽여달라는 식의 얘긴데, ……그건 아니잖아?"

아오이는 지금 와서 갑자기 졸음을 호소하는 제 몸에 짜증이 솟구쳤다.

"아무튼 법이 어쩌고저쩌고 따질 것도 없이, 만약 사람이라도 죽였다면 없었던 일로 덮어둘 순 없어. 부모든 뭐든 그건 안 돼."

도시에는 평소의 얼굴 그대로였다. 아오이는 할아버지의 야마자키 병으로 눈길을 돌렸다. 그리고 아무래도 신경이 쓰인다는 양 테이블 아래를 들여다보자, 소리가 날 정도로 거세게 비벼대던 도시에의 샌들 신은 맨발이 뚝 멈추었다.

5

그날 밤이 깊자 도시에는 불현듯 행동을 개시했다.

아버지 방 벽장에 넣어뒀던 권총을 다시 꺼낸 후, 봉투에 넣고 전화번호부에서 옆 동네 경찰서의 주소를 찾아 써서 가까운 우체통으로 간 것이다.

'엑스팩'이라는 그 봉투는 우체국에서 장당 오백 엔에 파는 것인데, 30킬로그램까지는 뭐든 편리하게 정액으로 보낼 수 있었다. 뇌일혈로 쓰러지기 전에 아버지가 잔뜩 사와서는 이거면 창구에서 기다릴 필요 없이 바로 우체통에 넣으면 되니까 뭐든 보낼 일이 있을 때 쓰라고 도시에에게 가르쳐줬던 것이다.

도시에는 아오이가 손수건을 썼던 것처럼 양손에 목장갑을 끼고, 젖은 수건으로 총을 깨끗이 닦았다. 군데군데 미세한 틈새에 물이 스며들었다. 도시에는 그곳에 지문의 정수라도 녹아들어간 양 휴지를 손톱으로 꾹꾹 눌러가며 깨끗하게 훔쳐냈다. 그리고 노란색 천으로 감아 두꺼운 종이봉투에 넣었다. 부피가 커지긴 했지만 어찌어찌 봉할 수는 있었다.

무더운 밤이었다. 밖으로 나가 문을 닫는 소리가 아파트 계단에 울려퍼졌다. 샌들을 신은 도시에는 계단을 내려가면서 발소리를 죽이느라 애를 쓰는 바람에 겨우 건물 밖으로 나왔을 뿐인데도 벌써 땀으로 흠뻑 젖어 있었다. 이따금 자동차가 지나갔지만 인기척은 전혀 없었다. 고개를 살짝 숙이고 서 있는 가로등은 무료하게 휴대전화를 만지작거리는 사람처럼, 도시에가 바로 밑을 지나가는데도 눈길 한번 주지 않았다.

낮부터 장사를 하는 오래된 술집 옆에 우체통이 있었다.

도시에는 숨을 헐떡이며 몇 번이나 주위를 확인하고, 서둘러 종이가방에서 봉투를 꺼냈다. 바로 집어넣고 돌아갈 작정이었다. 그런데 우체통이 완고하게 입을 닫고 열지 않았다. 억지로 밀어넣으려니 봉투만 일그러졌다. 두꺼운 종이 너머로 총과 우체통의 금속이 맞닿아 삐걱거렸고, 양쪽 다 절대 양보하려 들지 않았다.

어둠 속에서 자전거 한 대가 가까이 다가왔다. 도시에는 포기하고 봉투를 빼내려 했지만, 이번에는 반대로 꽉 물고서 놔주질 않았다.

총구가 이쪽을 향하고 있는 것을 보아 아무래도 실린더가 걸린 듯했다. 그녀는 땀으로 미끄러워진 두 손으로 봉투의 양쪽 끝을 잡고 죽어라 잡아당겼다. 우체통을 거세게 두어 번 두드렸다. 다시 한번, 체중을 실어 있는 힘껏 똑바로 잡아당기자, 마치 총이 폭발한 것처럼 뒤로 나뒹굴고 말았다.

"꺅! 괜찮으세요?"

자전거에 탄 젊은 여자가 급브레이크를 밟으며 물었다.

도시에는 신음을 흘렸지만, 다행히 봉투는 빠져나왔다. 허둥지둥 일어나 봉투를 종이가방에 넣고, 여자는 무시하고 급히 뛰어서 집으로 돌아갔다. 발소리 따위는 더 개의치 않았다.

문을 걸어 잠근 후 도시에는 아버지의 방으로 뛰어들어가 침대에 몸을 던지고 한바탕 울었다. 땀이 너무 번지는 것 같아 살펴보니 오른쪽 팔꿈치가 심하게 까져서 옷과 시트가 피범벅이 되어 있었다.

도시에가 아버지의 환자용 침대를 쓰게 된 것은 그날 밤부터였다. 팔뿐 아니라 엉덩이도 땅바닥에 세게 찧은 바람에 제 힘으로는 좀처럼 일어설 수 없었다. 그러나 딱히 필요가 없을 때도 그녀는 침대에 드러누워 리모컨을 쥐고 등부분을 눕혔다 일으켰다 해보곤 했다.

나흘째 저녁, '발신자 불명'으로 전화 한 통이 걸려왔다.

오빠 히로카즈였다.

히로카즈는 페이스북을 통해 아버지의 죽음을 알았다고 했다. 동네에서 선술집을 물려받아 운영하는 소키치의 제자 중 한 사람이 부고와 장례식 날짜를 알리고 나아가 장례식 뒤에 열린 '동창회' 사진까지 올려놨다는 것이다.

"너한테만 다 맡겨서 미안하다."

"오빠, 지금 어디 있어?"

히로카즈는 그 질문에는 대답하지 않았다.

"유산 문제도 있을 테니 내가 한번 들를게. 거의 집에 있지? 결국 우리 형제 중 네가 제일 야무지구나. 나도 널 믿는다."

"다들 나더러 바보라던데."

"다들이 아니라 미쓰코가 그랬겠지. 그애야말로 바보야. 근성이 틀려먹었어. 하긴 나도 이러고 살고 있으니, ……바보 같은 인생이지, 뭐. 제대로 사는 건 너밖에 없어. 안 그래?"

도시에는 표정을 풀었다. 그리고 가타부타 설명도 없이 대뜸 "오빠, 권총 어떡하면 좋을까?"라고 물었다.

"어? ……" 히로카즈는 무슨 생각에 잠긴 듯 잠시 입을 다물었다가, 이윽고 "아, 그게 아직 있었나"라고 말했다.

"그거 오빠 거야?"

"내 거냐고? 아니야. 진짜도 아니라 장난감이고."

"장난감?"

"그래. 제법 그럴싸하긴 하지만."

"정말? 총알은?"

"총알도 마찬가지야. 빤하잖아."

“오빠 게 아니라고? 그럼 누구 거지?”

“몰라. 뭐라더라, 학생이 학교에 가져온 걸 압수했다던데.”

분명 소키치는 소지품 검사 ‘전리품’을 몇 번 집에 가져온 적이 있었다. 그러나 총을 싸둔 신문의 날짜는 이미 퇴직한 뒤였다.

“졸업하면 돌려줄 생각이었는데 잊어버렸겠지. 뭐, 대청소라도 하다가 발견해서 다시 보관해둔 거 아닐까? 아버지도 돌아가신 마당에 우리가 궁리해봐야 알 수 없어.”

“아오이랑 얘기했는데, 경찰서에 가져가려고 해.”

“멍청하긴! 쓸데없는 짓 하지 마! 그런 장난감을 경찰서에 들고 가봤자 또 바보 소리나 들어. 창피만 당한다고. 너, 아오이한테 얘기했어?”

“미쓰코가 상의해보래서.”

“나 참, 하여튼 그애는 쓸데없는 소리만 하고. ……부탁이니 아오이는 끌어들이지 말아줘. 나름대로 혼자 열심히 살고 있잖아. 너도 고모니까 잘 알 테고. 내가 어떻게든 처리할 테니 그냥 갖고 있어. 알겠지? 아오이는 워낙 막무가내니 나도 걱정이 돼. 너, 이 일은 더이상 아무한테도 말하면 안 돼. 다음주에 내가 갈 테니까 그대로 둬.”

“응, 알았어.”

히로카즈는 도시에의 대답을 확인하고 전화를 끊었다. 그러나 불과 십 분도 안 되어 다시 전화를 걸었다.

"아까는 말하기 좀 뭣했는데, 네가 혹시 경솔한 짓이라도 하면 안 되니까. ……"

히로카즈가 도시에에게 알려준 진상은 이랬다. ―그 총은 십 년 전, 아오이와 동거하던 콜롬비아 남자가 가방에 숨겨뒀던 물건이다. 아오이가 집을 비웠을 때 찾아갔다가 우연히 발견하고 몰래 빼왔다. 딸에게 보여주고 그 남자와 헤어지라고 할 작정이었다. 그런데 남자는 아오이가 총을 발견했고 자신을 경찰에 신고할 것이라고 착각했고, 선수를 칠 셈으로 아오이의 가게에 미성년자가 일한다고 경찰에 익명으로 신고했다. 그래서 갑자기 체포되었던 것인데, 아오이는 지금도 그 사실을 모른다. 그 콜롬비아 남자는 원래 제대로 된 인간이 아니었고, 소녀가 아오이의 집에 혼자 있길 꺼렸던 것도 그놈이 수작을 걸었기 때문이었다. 그러나 아오이가 상처받을까봐 이런 얘기는 할 수 없었다. 아무리 얻어맞고 발길질을 당해도 아오이는 그 남자를 몹시 좋아했으니까. 그러던 중 그도 사정이 생겨서 더는 총을 갖고 있을 수 없게 되었다. 그래서 아주 잠깐만 아버지 소키치에게 맡겨두기로 한 것이다. 휘말리게 하고 싶지 않았기에 사정은 밝히지 않았다. 그러나 그뒤로도 줄곧 숨어 사는 바람에 도저히 찾으러 갈 엄두가 나지 않았다. ……

"이건 너한테만 알려주는 비밀이야. 아오이한테는 절대 말하지 마."

불법체류자였던 그 콜롬비아인은 아오이를 신고함과 동시에 자취를 감췄다. 그러나 아오이는 여전히 미련이 남았을 거라고 히로카즈는 말했다.

"그럼, 진짜 총인 거지?"

"그건 몰라도 돼. 캐고 들지 마. 이건 우리 부녀간의 문제야. 아버지에게 맡긴 건 내 잘못이지만, ……달리 믿을 만한 사람이 없었어."

"아버지는 안에 뭐가 들었는지 알았어?"

"안 봤을 거야. 나와 약속했으니까."

"오빠가 직접 가지러 온다고?"

"그럼. 다음주까지만 기다려. 위험하니까 절대 만지지 말고. 알았지? 넌 걱정할 것 전혀 없어."

도시에는 그 말대로 일주일을 기다렸지만 오빠는 오지 않았다. 전화도 없고, 연락처도 알지 못했다. 대신 연락이 뜸해진 것이 걱정됐는지 아오이가 찾아왔다.

"어떻게 된 거야, 고모? 괜찮아?"

아오이는 방에 들어서자마자 코를 찌르는 파스 냄새와, 커다란 반창고를 몇 개씩 붙인 도시에의 팔꿈치를 보고 놀랐다.

"넘어졌지 뭐야. ……아오이, 그건 내가 좀더 갖고 있을게."

"왜?"

"으응, ……가지러 올 거야."

"누가?"

"오빠가."

"뭐라고? 전화 왔었어? 지금 어디래?" 아오이가 눈을 부릅떴다. "뭐래? 어서 말해줘. 고모, 이건 중요한 일이야."

도시에는 난처한 표정을 지었지만, 아오이가 한층 몰아붙이자 히로카즈에게 들은 얘기를 거의 한 글자도 빠짐없이 그대로 전했다. 아오이는 문제아로 예의 주시를 받던 십대 무렵처럼 험악한 얼굴로 혀를 찼다.

"거짓말, 거짓말! 모조리 거짓말이야! 정말, 앞에 있으면 후려갈기고 싶네! 입에서 나오는 대로 아무 말이나 지껄여대고! 한 번만 더 믿자고 했다가 얼마나 배신을 당했는지 알아? 고모는 누구보다 잘 알잖아? 할아버지도 그 인간이 바로 찾으러 오겠다고 했으니까 안 버리고 갖고 있었던 거잖아."

"아버지는 네가 걱정돼서 가게에 자주 가셨던 걸까?"

"그건 관계없잖아, 고모! 할아버지는 안에 뭐가 있는지도 몰랐을 테니까!"

아오이가 손에 쥐고 있던 라이터를 테이블로 집어던졌다.

"카피가 잠적한 건 내가 체포되는 바람에 불법체류가 발각날까봐 그런 거야. 카피가 왜 총 같은 걸 갖고 있었겠어? 외국인이면 총을 갖고 있어도 이상하지 않다고, 그 인간 혼자 넘겨짚은 거야. 그냥 편견일 뿐이라고. 집에 있던 여자애한테 손을 뻗치다니, 웃기고 있네! 정말 최악이야! 누구 다른 사람 가방에서 총을 빼와놓고, 억지로 꾸며낸 얘기라고! ……"

아오이는 울분이 감당되지 않는 듯 뺨을 부르르 떨었다. 이어서 무슨 말을 더 꺼내려다가 입술을 꽉 다물며 눈물을 삼켰다. 그러다 곧 "이제 됐어. ……다 귀찮아"라고 말했다.

"그거, 역시 내가 어디다 버리고 오는 게 낫겠어. 상관없잖아. 우리는 아무 관계 없으니까. 그러고서 끝내자. —어디 있어, 고모?"

도시에가 고개를 세차게 가로저었다. 아오이는 울컥 짜증이 났다.

"왜?"

"내가 버릴게."

"됐다니까. 고모 혼자면 걱정돼서 그래. 그냥 나한테 맡겨."

도시에는 고개를 숙인 채 침묵을 지켰다. 아오이가 거듭 다짐을 두려고 입을 열려는 참이었다. 순간, 도시에가 느닷없이 땅이

울릴 듯이 큰 소리를 내며 방귀를 뀌었다.

아오이는 어리둥절했다. 반사적으로 몸이 굳고 눈은 휘둥그레졌다.

대체 뭐지? 고모를 나름대로 잘 안다고 생각했는데, 남의 눈앞에서 아무렇지도 않게 방귀를 뀌는 사람은 아니다. 도시에는 그대로 꼼짝도 하지 않았다. 당황스러운 나머지 의자 다리가 끌리는 소리 같은 걸 잘못 들었나 했다.

"그럼, ……같이 가, 고모. 둘이서. 응?"

아오이는 설마 일부러 그러지는 않았겠지 생각하며 흘려 넘기기로 했다. 도시에는 이마에 땀이 맺힌 채, 그제야 고개를 들고 웃어 보였다.

"그래, 버리자. 그게 좋겠어."

6

두 사람은 처음에는 산으로 가서 버릴까 의논했다. 의논이라기보다 아오이 혼자의 의견이었지만, 남의 눈을 피해 어두운 시간—여름철이라 정말 늦게까지 기다려야 했다—에 산길을 벗어나 숲속을 헤치고 들어갈 상상을 하니 영 무서워졌다. 마치 시체를 묻으러 가는 기분이었다. 그래서 바다에 버리기로 생각을 고쳤다. 파도에 밀려 해변으로 올라오면 곤란하니 멀리 나가고 싶었지만 뾰족한 수가 없었다. 그러던 중 아오이가 퍼뜩 묘안을 떠올렸다.

"그래, 간몬해협으로 버리러 갈까? 응? 물살도 세고, 가라앉으면 아무도 모를 거야."

아오이의 계획은 간몬 기선 연락선을 타고 모지 항에서 시모노세키로 가는 도중에 그것을 바다에 던져버리자는 것이었다. 간단한 일이지만 시간이 별로 없었다. 여름방학이 시작되면 가족 이용객이 급증하기 때문이다.

그날은 7월 중순의 평일이었다.

새벽에는 약간 흐렸지만, 일기예보에서 '오후에는 갠다'고 했다. 만약 비가 내리면 선실 밖으로 나가는 게 부자연스러워 보일 테니 계획을 미룰 예정이었다.

약속대로 오전 아홉시에 아오이가 결행하자는 연락을 해오자 도시에는 유지매미 한 마리가 방충망에 붙어 울고 있는 아버지 방의 벽장에서 예의 찢어진 엑스팩을 끄집어냈다. 봉투를 열어 노란색 천을 펼치니 시커먼 총신이 모습을 드러냈다.

거실 테이블에 앉아 아오이가 했던 대로 실린더를 빼고, 두 개의 빈 탄피를 포함해 총알을 전부 다시 넣었다. 그리고 찰칵 소리와 함께 원래 상태로 되돌린 후, 올록볼록한 굴곡 하나하나를 굵은 엄지로 어루만졌다.

도시에는 그것을 양손으로 잡고 어제 사와서 부엌에 놓아둔 수박 한 덩이를 겨냥해보았다. 어디를 어떻게 해서 조준하는지는 모르겠지만, 일단 영화 등에서 본 대로 총구를 돌리고 한쪽 눈을 감아보았다. 기분이 고조되었다. 일어나 여기저기에 총을 겨눠보았다. 잠시 후 불단에 총을 내려놓고 향을 피우고, "나무아미타불, 나무아미타불, ……"이라고 읊조리며 합장을 했다.

그러고는 수박을 쪼개 씨가 거의 없는 붉은 과육에 손가락으로 소금을 발라가며 베어먹었다. 혼자 사분의 일을 먹어치우니 역시 배가 잔뜩 불렀다.

아오이와는 열두시에 구로사키 역에서 만나기로 했다. 도시에는 볼썽사납게 부푼 가방을 비스듬히 둘러메고 흰색 손수건으로 연신 땀을 훔쳤다. 아오이는 호랑이 그림이 들어간 큼지막한 흰색 티셔츠를 입고 있었다.

둘은 가고시마 본선 쾌속 전철을 타고 모지 항으로 향했다. 전철 안은 한산했고, 아무도 붙잡지 않은 손잡이들이 차량이 기울 때마다 질서정연하게 흔들렸다.

두 사람은 한 마디도 나누지 않았다. 모지 항 역 개찰구를 빠져나온 후에야 아오이가 입을 열었다.

"나, 왠지 할아버지랑 같이 보내던 시간이 떠올랐어. 다른 사람이랑 있으면서 이렇게 말을 안 하는 것도 오랜만이야. 고모는 역시 할아버지를 닮았어."

아오이는 그저 그리운 마음에 한 말이었다. 그러나 도시에가 평소보다 훨씬 말이 없었던 것은 가방에 든 물건 때문이었다. 그렇다면 할아버지의 침묵도 실은 똑같은 비밀 때문이었을까?

역시 할아버지는 꾸러미의 내용물을 알고 있었고, 그래서 종종 가게 카운터에 혼자 앉아 조용히 위스키를 마셨던 것이다. "너와 살던 외국인의 물건을 내가 맡아뒀다"라고 금방이라도 말해버릴 것 같은 심정으로. 그래서 카피는 아무 말 없이 갑자기 내 앞에서 사라져버린 걸까? —그녀는 또다시 그런 의혹에 사로잡힐 것 같아 고개를 저었다. 카피가 자신을 경찰에 신고하다니, 절대 있을 수 없는 일이다. 그런 사람이 아니었다. 그러나 만에 하나, 숨겨둔 권총이 사라진 것을 보고 내가 배신할 것이라고 확신해버렸다면. ……그 순간 그가 지었을 표정이 마치 실제로 본 것처럼 선명하게 떠올라서 그녀는 또다시 세차게 고개를 저었다.

연락선 선착장은 역에서 엎어지면 코 닿을 만한 거리였다. 한 시간에 세 번 운행하는데, 막 시모노세키행이 출발한 뒤였다.

"덥다. ……다음 배는 이십 분 남았네. 잠깐 저기 가서 소프트 아이스크림 사올게. 고모도 먹을 거지?"

"응, 그래. 고마워."

"여기서 기다려. 아무데도 가지 말고. 알았지?"

아오이가 나가자 도시에는 대합실에 홀로 남겨졌다. 일기예보대로 해가 나기 시작해 2층 건물 안이 한층 어둡게 느껴졌다. 운임표와 시간표, 관광포스터 등으로 가득한 매표소 창구에는 여자 직원 한 명이 앉아서 턱을 괸 채 컴퓨터 화면을 보고 있었다.

도시에는 가방을 열고 노란색 천을 슬며시 벗겼다. 갑갑하다는 듯 얼굴을 내민 총구를 보고 미소지었다. 강아지 머리를 쓰다듬듯 집게손가락으로 살며시 총신을 어루만졌다. 감기에 걸린 것처럼 열이 느껴졌다.

아오이는 좀처럼 돌아오지 않았다. 오는 도중에 본 소프트아이스크림 가게를 살폈지만 아무도 없었다. 선착장 쪽으로 시선을 돌리자, 한 남자가 '후쿠오카 현경'이라고 적힌 보트 앞에서 전화를 하며 이쪽을 바라보고 있었다.

도시에의 목덜미에 가로로 굵게 팬 주름에 땀이 고였다.

"아오이, ……"

일어나려는 순간, 입구의 문이 열렸다. 돌아보니 엷은 갈색 선글라스를 쓴 와이셔츠 차림의 남자가 이쪽으로 걸어왔다. 옆구리에는 검은색 손가방과 스포츠신문을 끼고 있었다.

도시에는 순간적으로 가방에 손을 찔러넣으며 총을 움켜잡았다. 손가락 사이로 땀이 뱄다. 남자는 도시에 앞을 그대로 지나치더니, 창가에 서서 잔교 쪽을 바라보았다.

그제야 아오이가 돌아왔다. 손에는 소프트아이스크림 두 개가 들려 있었다.

"미안, 담배 좀 피우느라. 그나저나 엄청 덥네, 오늘. ……앗, 고모, 얼른 감춰!"

아오이는 도시에가 가방 속으로 총을 움켜쥐고 있는 것을 보고 기겁했다. 얼굴을 바짝 붙이더니 귓가에다 대고 소리 죽여 질책했다. 도시에는 가방 입구를 닫고 소프트아이스크림을 받아들었다. 총알은 빼지 않은 상태 그대로였다.

소프트아이스크림을 다 먹었을 즈음 연락선이 도착했다.

안내방송을 듣고 밖으로 나가니 기다렸다는 듯이 집요하게 들러붙는 열기에 절로 입이 다물어졌다. 아오이는 인상을 잔뜩 쓰고 허공을 노려보았다.

하늘은 파랗게 개어 있고, 조각조각 흩어진 구름이 은백색으로 빛났다.

시모노세키에서 돌아온 흰색 배가 잔교에 도착했다. 발밑이 흔들렸다. 승객들이 내리자 담당자가 곧바로 "자, 타세요"라며 재촉했다.

아오이는 뒤를 슬쩍 돌아보며 승객 수를 세어보았다. 자신과 도시에를 포함해 여섯 명. 배의 1층은 에어컨이 돌아가는 객실이고, 지붕 위 2층에는 오렌지색 벤치 두 개가 등을 맞대고 놓여 있었다.

1층 창은 열리지 않았다. 먼저 배에 올라탄 아오이는 망설임 없이 2층으로 올라갔다. 도시에는 뒤따라갔지만, 장례식 후로 또 부쩍 살이 찐 탓에 타들어갈듯이 뜨거운 손잡이를 붙잡고 가파른 계단을 오르느라 진땀을 뺐다.

몇 가지 계산 착오에 아오이는 불안해졌다. 일단 건너편까지 가는 시간이 고작 오 분이라 생각보다 짧았다. 게다가 배가 너무 작아 어디서든 남의 눈에 띌 것 같았다. 2층에 아무도 올라오지 않길 바랐지만, 어린아이 하나가 뛰어올라오더니 뒤이어 부모도 따라왔다. 게다가 좀전에 대합실에서 봤던 엷은 선글라스를 낀 남자가 계단에 모습을 드러냈다.

아오이는 그 남자의 얼굴을 비로소 정면으로 바라보고 의아해졌다. 겉모습이 전혀 다른데도 미쓰코가 호들갑을 떨며 말했다던 '럭비 선수 같은 체격의 남자'처럼 보였기 때문이다. 시선을 돌리고 스테인리스 난간에 기대어 아래를 내려다보았다. 때마침 만조인지 눈이 부실 정도로 출렁이는 에메랄드빛 파도가 세차게 넘실거렸다.

두 사람은 일단 벤치에 앉았다. 배에 시동이 걸린 상태라 엉덩이로 진동이 전해졌다. 벤치도 열기로 꽤 달아올라 있었다.

"배가 출발하면 날 따라와. 적당한 때를 봐서 신호할 테니까."

도시에가 고개를 끄덕였지만, 예의 웃는 건지 아닌지 모를 표정이 마음에 걸렸다.

"알았어, 고모? 괜찮지?"

도시에는 쉴새없이 흐르는 땀을 훔치며 고개를 끄덕였다. 선글라스를 쓴 남자는 2층을 한 바퀴 돈 뒤, 도시에 바로 옆에 앉았다.

느릿느릿 움직인 배는 잔교를 벗어나자 왼쪽으로 크게 돌며 해협을 건너기 시작했다.

"출발한다—!" 세 가족이 큰 소리로 외쳤다.

배는 순식간에 속도를 올렸다. 아오이는 바람에 날려 얼굴에 들러붙은 머리칼을 떼어냈다.

스오나다에서 히비키나다를 향해 좁은 해협에서 압축된 바닷물이 조용하고도 호연한 힘으로 밀려왔다. 엔진 소리가 커서 선상 안내방송을 제대로 알아들을 수 없었다. 배가 가로지르는 물살이 이따금 2층까지 물보라를 튀겼다. 뒤로는 흰 파도의 잔해가 길게 뻗어나갔다.

시간이 없었다. 건너편에 늘어선 빌딩의 실루엣이 시시각각 커져갔다. 뒤편의 가자시 산은 점점 작아졌다. 해협 한가운데쯤에 이르렀을 때 아오이가 일어나 짐짓 시치미를 떼며 난간으로 다가갔다. 긴장한 듯했다. 도시에도 뒤따라갔지만 다리가 휘청거리는 통에 황급히 아오이의 팔에 매달렸다. 등뒤에서 아이의 환호성이 터져나왔다.

예기치 못하게, 두 사람을 따르듯이 선글라스 남자까지 덩달아 난간으로 다가왔다.

아오이는 혀를 차며 "뭐야, 귀찮게"라고 중얼거렸다. 남은 시간은 이제 겨우 이 분 삼십 초 남짓이다.

그녀는 도시에를 가리듯이 서서 앞쪽을 구경하는 척하며 남자의 거동을 살폈다. 남자는 저멀리 보이는 가몬 대교를 멍하니 바라보고 있었다. 아오이가 등뒤의 도시에에게 "지금이야, 지금!" 하고 재촉했다.

도시에는 그저 우두커니 서 있었다. 아오이가 "고모, 빨리 버려! 지금이야!"라고 작고 날카로운 목소리로 명령했다. 세 가족은 벤치 너머 반대편에 있었다. "빨리!"

도시에는 그제야 가방을 열더니, 예상과 다르게 권총을 숨기려는 기색도 없이 그대로 끄집어냈다. 쏟아지는 한낮의 햇살 아래 위용을 드러낸 쇳덩어리는 기묘하기 이를 데 없었다. 위법적인 물건의 암울한 무게가 순식간에 주위 공기를 끌어들였다. 게다가 도시에는 그립을 움켜쥐고 있었다.

"아이참, 뭐하는 거야!"

총알이 들어 있다. 그중 두 발은 이미 쏜 상태다. 아오이는 금방이라도 자신을 향할 것 같은 총구에 공포를 느끼며 땀이 밴 도시에의 팔을 잡았다. 팔을 흔들어 총을 떨어뜨리려 했다. 바로 그 순간, 아오이는 고모가 마치 방아쇠를 당길 것처럼 강하게 그립을 움켜쥐는 것을 느꼈다.

"빨리 버려, 고모! 손 놔!"

급기야 그녀는 총신을 움켜쥐다시피 낚아채서 집어던졌다. 총은 퐁 하고 맥빠진 소리를 내며, 격렬한 물보라를 튀기는 파도 속으로 순식간에 삼켜져버렸다.

아오이는 선글라스 남자가 이쪽을 보는 듯한 기척을 느꼈다. 그러나 굳이 돌아보지는 않고, 살짝 고개를 숙인 고모의 옆얼굴만 바라보고 있었다.

배는 현장에서 멀어져갔다. 드넓은 해원 어디에 총이 잠겨 있는지 이제는 알 수 없었다.

시모노세키에 도착하자 승객들은 제각기 길을 따라 걸어갔다. 앞서가는 선글라스 남자의 걸음은 느렸다. 잔교 끄트머리에서 행선지를 고민하듯이 멈춰 섰다가 다시 걸음을 옮기면서, 마지막으로 내린 아오이와 도시에를 한번 돌아보았다.

안벽에 선 두 사람은 한동안 넋을 놓고 해협에 흐르는 바닷물을 바라보았다. 방금까지는 맞은편 기슭에서 오른쪽에서 왼쪽으로 따라오던 그것을 이제는 반대로 왼쪽에서 오른쪽으로 배웅하면서.

“이제 괜찮아, 고모.”

땀이 들어갔는지, 도시에는 손수건으로 연신 눈가를 훔쳐냈다. 아오이의 손에는 조금 전 금방이라도 거칠게 휘두를 것 같던 고모의 팔심이 남아 있었다. 그것은 불시에 깃든 카피의 팔심 같기도 하고, 또한 끝끝내 미워할 수만은 없는 히로카즈의 팔심 같기도 했다.

“이젠 하나도 걱정할 거 없어. 고모와 나만 아는 비밀이야. 무슨 일이 있어도 말하면 안 돼.”

“그래, 비밀로 해야지.”

“그럼, 비밀이야. 아무것도 걱정하지 마. 할아버지가 지켜주실 거야. 빨리 잊어버리자. 앞으로는 고모 혼자 그 집에서 여유롭게 살면 돼. 이젠 보살필 사람도 없잖아.”

아오이의 마지막 말에 도시에는 행인에게 어깨를 부딪힌 것처럼 얼굴을 들었다. 바닷바람이 희미하게 불어왔다. 뺨에 들러붙어 있던 곱실한 귀밑머리가 갑자기 떠올라 하늘거렸다. 눈부신 파도의 반사를 비껴난 도시에의 얼굴은 역시나 평소처럼, 웃는 건지 아닌지 가늠할 수 없는 애매한 표정이었다.

불빛 호박琥珀

물질적인 불이 땔나무에 붙으며 가장 먼저 하는 일은 습기를 밖으로 몰아내 건조시킴으로써 땔나무가 머금고 있던 수분을 짜내는 것이다. 이윽고 땔나무를 태우면서 시커멓고 추하게 만들고 악취까지 내뿜게 한다. 그리고 조금씩 말려가며 땔나무를 밝게 만들고, 불에 맞서는 듯한, 어둡고 추한 우유성偶有性을 남김없이 끄집어내어 몰아낸다. 그리고 마침내 바깥부터 활활 타오르기 시작해 뜨겁게 달구고, 저 자신으로 변화시키며 불 그 자체인 것처럼 매우 아름답게 만든다.

—십자가의 성 요한, 「어두운 밤」

나는 이 이야기를 하기 위해 구멍을 하나 팠습니다. 거기다 대고 모든 것을 쏟아낸 뒤 흙을 덮어 묻어버릴 작정입니다.

그럴 바에야 처음부터 입다물고 있는 게 낫다. —그래왔습니다, 지금까지. 그런데 '하고 싶은 말을 참으면 배가 불룩해지는 기분이 든다'는 『오카가미』*의 「서문」 구절이 정말이더군요. 그래서 나도 '옛날 사람은 할말이 있으면 구멍을 파 그 안에 대고 말했다고 한다'는 이야기를 모방해보려는 것입니다.

오비디우스의 『변신 이야기』에도 아폴론이 당나귀 귀로 바꿔버린 프리기아 왕의 귀를 목격한 이발사가 '땅에 구멍을 파고 자기가 본 왕의 모습에 대해 작은 소리로 구멍 속에 속삭였다'는 구절이 나옵니다. 예의 '임금님 귀는 당나귀 귀' 이야기입니다. 동서양을 막론하고 사람은 다들 같은 생각을 하는 걸까요? 아니면 그 이야기가 어찌어찌해서 머나먼 일본까지 전해져온 걸까요?

그렇다고 내가 그들처럼 어느 권력자의 치부를 쥐고 있는 건 아닙니다. 그저 나 자신의 치부를 움켜쥐고 살아왔습니다. 누구에게 비난받을 일은 없지만, 괜히 세간의 이목을 끌지 않는 것이 신상에 좋다고 생각해왔습니다. 그러니 만약 이 얘기가 남의 귀에 들어간다면 유난히 호기심 많은 누군가가 내가 메워둔 구멍을 파헤쳤다는 뜻이겠죠. 모두 구멍 속에서만 들리는 소리입니다.

---

* 헤이안 시대의 귀족 후지와라 가문의 이야기를 기전체로 쓴 역사소설.

나는 한 지방에서 삼대째 이어져오는 전통과자집의 아들입니다. 할아버지와 아버지 모두 교토의 유서 깊은 가게에서 일을 배웠고, 우리 가게는 이 지방에서 고급 생과자를 사려고 하면 누구나 가장 먼저 떠올릴 정도로 유명한 곳입니다. 내가 성인이 되었을 무렵에는 현 안팎으로 백화점 지하매장을 포함해 여덟 개의 점포를 운영하고 있었습니다.

나는 어린 시절부터 아버지가 일하는 모습을 지켜보는 걸 좋아했습니다. 곧잘 찰흙으로 색색깔의 네리키리*를 만들었고, 아버지가 "넌 소질이 있구나"라고 칭찬해주면 우쭐해지곤 했습니다. 장래에 당연히 가업을 이을 것이라 믿어 의심치 않았고, 별다른 고민 없이 그리되었습니다. 나는 외동아들이었습니다.

아버지는 솜씨 좋은 전통과자 명인이었습니다. 나는 아버지 밑에서 수행한 짧은 기간에도 새삼 그 사실을 실감했는데, 그토록 섬세하고 고급스러운 과자를 만드는 사람이 사생활은 딴판이라, 도저히 견실한 인간의 취미답지 않게 외제 차를 세 대씩이나 몰았고 밖에서 만나는 여자도 몇 명이나 있었습니다.

아버지가 간암으로 예기치 못하게 일찍 세상을 떠났을 때, 그

* 착색한 팥소를 다양한 모양으로 만든 일본식 과자.

중 한 사람의 자식이 상속권을 주장하며 집으로 찾아왔습니다. 아버지의 외도를 반쯤 묵인했던 어머니도 설마 숨겨둔 자식까지 있을 줄은 몰랐던 듯 큰 충격을 받았습니다. 다행히 상대는 일을 크게 벌일 생각은 없었기에 상응하는 돈을 받고 이것으로 연을 끊는다는 각서를 주고받는 선에서 정리되었습니다. 말과 달리 계속 찾아오지 않을까 내심 염려했던 어머니는 그후 일절 모습을 드러내지 않는 그 청년에게 나중에는 조금 감탄하기까지 했습니다.

나는 예상외로 나와 닮은—즉 중키에 보통 체격에 그다지 잘생기지 않은—세 살 아래 그 청년의 얼굴을 지금도 잊을 수가 없습니다. 절대 현실적이진 않은 상상이지만, 어디 사는지도 모르는 그 여자와 우리 어머니가 아버지에게 안긴 순서가 달랐더라면 나와 그의 처지가 바뀌었을지도 모른다는 부질없는 생각을 몇 번이나 했습니다.

어머니는 내가 어느 정도 컸을 무렵부터는 거의 웃는 모습을 본 기억이 없는, 흰 피부에 표정이 공허한 사람이었습니다. 그렇다고 어두워 보이는 건 아니고 그저 마음이 늘 딴 데 가 있는 느낌이었습니다. 아버지는 교토에 있던 시절 당시 예술대학 유화과 학생이었던 어머니를 알게 되어 나중에 자기 일을 도와주면 좋겠다며 구애한 모양인데, 말과 달리 정작 어머니가 과자 만드는 일에 조금이라도 참견하려 들면 불같이 화를 냈습니다.

장사가 순조로웠던 덕분에 집은 유복했습니다. 어머니는 옷이든 장신구든 부족함 없이 가질 수 있었지만, 나이를 먹은 뒤에도 예대생 특유의 풋내나는 거드름이 어딘가에 남아 있어서, 기껏 비싼 옷을 사놓고도 묘한 민속의상이나 낡은 옷과 맞춰 입어 균형을 흐트러뜨려야 직성이 풀리는 구석이 있었습니다.

지금처럼 인터넷도 없던 시대에 고생고생해서 마니악한 영화 비디오테이프나 책을 수집했고, 그것을 자존심의 보루로 삼았습니다. 좋아하는 책이 뭐냐는 질문에 막스 에른스트의 『백 개의 머리를 가진 여인』이나 옥타브 미르보의 『고문의 뜰』 같은, 일부러 남들이 모르는 책 제목을 대고 의기양양해하는 어머니의 모습에는 조금 애처로운 구석이 있었습니다. 아버지는 그런 어머니에게 잔혹할 정도로 냉담했습니다. 아버지의 그런 반응도 지극히 당연하다고 생각했지만, 어쨌거나 어머니가 그런 인간이 되어버린 것은 아버지의 태도에서 비롯되었음이 분명했습니다.

사춘기 때는 나 자신의 색다른 기질에 매우 고민이 많았습니다. 아버지의 호색한 기질도 상당히 굴절된 형태로 이어받았다고 느꼈습니다. 반면 어머니의 공상적인 천성도 유전됐겠죠. 반성을 거듭할수록 나의 자의식은 오히려 완고해진 것 같습니다. 사람은 모름지기 저 자신에 대해 적당히 무관심해야 합니다. 그렇지 않으면 누가 무슨 말을 한들 듣지 못하게 돼버립니다. 대체 어느 누가 나만큼 나 자신에 대해 오랫동안 끈질기게 생각해봤느냐고 말이죠.

언제부터일까, 라는 것은 항상 나의 큰 관심사였습니다.

예를 들어 어릴 적 아버지가 팔 삶는 모습을 가까이서 지켜보면서 무슨 특별한 감각에 휩싸였던 기억은 없습니다. 나는 여자에게 흥미가 없지는 않지만, 어릴 적 공중목욕탕이나 온천의 여탕에 들어가본 남자들도 그 순간에는 으레 별다른 느낌이 없기 마련이니까요.

최초의 자각은, 굳이 말하자면 타인과의 위화감 속에서 싹텄습니다.

나는 동성애자가 아니지만, 그런 이들이 성의식에 눈떴던 때를 회상하는 이야기를 들어보면 나와 비슷한 유의 경험이 곧잘 보입니다.

주위 친구들이 여자들의 가슴이나 엉덩이에 흥미를 갖기 시작한 무렵, 나는 그쪽에는 전혀 무관심했습니다. 그러나 같이 어울리기 위해 나도 그런 부위를 보고 싶고 만지고 싶어하는 척했습니다. 반에서 좋아하는 여자애를 거짓으로 골라 고백해보거나, 누구는 벌써 브래지어를 한다는 둥의 소문을 나눠보거나, 나름 요령 있게 행동한 것 같습니다. 그러나 본심은 항상 딴 데 머물러 있었습니다.

사람은 말이나 표정으로는 얼마든지 거짓말을 할 수 있습니다. 그러나 몸은 다릅니다.

스스로 어디가 이상한 게 아닐까 심각하게 고민하기 시작했고, 나처럼 아직 변성기가 올 기미도 없는 미숙한 반 친구를 보면서 그냥 내가 아직 어린 걸까란 생각도 해봤습니다.

나는 불능은 아니었습니다. 다른 소년들과 마찬가지로 처음에는 특별한 대상도 없이 그것이 서버려서 과민한 통증에 펄쩍 뛰어오르기도 했습니다.

다른 점은, 다른 이들의 그런 현상은 이윽고 자연스레 여자와 이어진다는 점입니다. 그러나 내 경우는 끝내 그렇게 연결되지 않았습니다.

내게 여자의 알몸은 냉장고나 밥그릇 따위와 별다를 바 없었습니다. 아마 인간에게 이것만큼 거짓 없는 반응은 달리 없지 않을까요. 만약 우리 반 아이 한 명이 강압적이라 음담을 나눌 때마다 함께하는 아이들의 사타구니를 뒤적거리며 검사했다면, 나는 금세 '동료가 아니라는' 사실이 들통나서 배척당했을 겁니다.

정서적인 의미에서 내가 그들과 결정적으로 멀어진 사건은 초등학교 5학년 때 일어났습니다.

내가 다닌 초등학교 주변에는 동네 땅부자가 소유한, 산이라고 하기도 뭣한 동산 몇 개가 있었습니다. 그중 한 산의 잡목림 속에 원래 오두막이었던 듯 민가와는 영 다르게 생긴 다 쓰러져 가는 폐가가 있었습니다.

어느 날 상급생을 따라 그 '비밀 기지'의 출입을 허락받은 뒤로 나는 방과후나 휴일에 종종 그곳에서 과자를 먹거나 주스를 마시고, 기지를 꾸미기도 하면서 시간을 보냈습니다. 꾸며놓은 것들은 다음번에 가보면 대부분 엉망이 되어 있었지만.

알 만한 아이들은 다 아는 일종의 은신처였던 그곳의 바닥에는 담배꽁초가 어지러이 흩어져 있고, 벽에는 절대 초등학생의 필체로 보이지 않는 스프레이나 매직 낙서가 가득했습니다. 우리는 그 유치하고 우스꽝스러운 내용을 소리 내어 읽고는 자지러지게 웃어대곤 했습니다.

당연히 그렇고 그런 유의 잡지도 잔뜩 쌓여 있었고, 어느 날은 처치가 곤란했던 모양인지 누군가가 꽉 찬 백화점 종이가방 두 개를 놓고 간 적도 있었습니다.

나는 그 잡지들의 책장을 숱하게 들척거리며, 당장 이 자리에서 자위를 하고 싶은 마음이 간절한데 필사적으로 참고 있는 반 친구들의 표정에서 이루 말할 수 없는 고독을 맛보았습니다. 건물 안에서 누가 이미 사용한 지저분한 피임도구라도 발견하는 날이면 아이들의 망상은 손쓸 수 없을 만큼 미친듯이 날뛰었습니다.

오본*을 앞둔 여름방학, 아침부터 추적추적 비가 오던 어느 날이었습니다.

아침부터 집에서 따분해하던 나에게 반 친구 하나가 숨을 헐떡거리며 달려왔습니다.

"비밀 기지가 타고 있어! 불이 났대!"

나는 벌떡 일어나 그 아이와 함께 허겁지겁 뛰어나갔습니다. 이유는 잘 모르겠지만 그 타오르는 불길이 사그라지기 전에 반드시 그곳에 가야 한다고 느꼈습니다.

멀리서 검은 연기가 보였습니다. 폐가로 이어지는 좁은 숲길을 소방차 세 대가 틀어막고 있었지만 호스가 닿지 않아 아직 진화 작업은 시작되지 않았습니다. 우리는 진입금지 선을 피해서 매미

* 8월 15일 조상의 영을 기리는 일본의 명절.

가 요란하게 울어대는 뒷길을 통해 오두막으로 다가갔습니다.

거기에는 우리와 같은 생각에 온 소년 몇 명이 이미 모여 있었습니다. 그때껏 한 번도 얼굴을 마주친 적 없는 중학생들도 있었습니다.

"우와, 죽인다!"

질푸른 나무로 둘러싸인 그 폐가는 반숙란의 노른자처럼 진한 오렌지색 불길에 휩싸여 있었습니다. 목재가 파열되는 듯한 굉음이 울려퍼지고, 검은 연기와 흰 연기가 서로 경쟁하듯 하늘로 치솟았습니다.

"아아, 내 포르노잡지 다 탄다!"

처음 보는 중학생이 익살을 떨며 소리지르자, 옆에 있던 소년이 "바보 자식" 하며 그의 머리를 쥐어박았습니다. 초등학생들은 모두 웃음을 참느라 바빴지만 유일하게 나만은 웃지 않았습니다.

숨이 콱콱 막힐 것 같은 무지막지한 연기에, 나는 지금껏 경험한 적 없는 설렘을 느꼈습니다.

눈부시고 뜨거운 불길은 비 내리는 하늘을 배경으로 기세를 점점 맹렬히 키워갔습니다.

드디어 진화가 시작되었습니다. 은색 소방복을 입은 소방대원들의 일거수일투족을 아이들은 넋을 놓고 바라보았습니다. 그러나 나는 차츰 불길이 잦아드는 모습을, 무슨 잔혹한 광경이 눈앞에 들이닥친 양 가슴이 옥죄는 심정으로 지켜보았습니다.

잠시 후 소방대원 한 사람이 우리를 보고 "어허, 이놈들, 얼른 돌아가!"라고 큰 소리로 고함을 쳤습니다. 슬슬 다들 불구경에 싫증이 나기 시작했을 때라 반항하면서까지 상황을 끝내 지켜보려는 아이는 없었습니다. 어느새 다 같이 상급생의 집으로 놀러 가자는 이야기가 나왔지만, 나는 볼일이 있다는 핑계를 대고 빠져나와 부리나케 집으로 돌아갔습니다.

내 방으로 뛰어들어가자마자 방문을 걸어 잠그고, 아이들 몰래 주머니에 감춰뒀던 것을 끄집어냈습니다. 격렬한 심장박동에 몸이 떨렸습니다. 나는 축축해진 티셔츠에 밴 연기 냄새를 한가득 들이마셨습니다. 그리고 지금 내가 정신없이 움직이는 손안의 물건이 조금 전에 본 불길에 휩싸여 타오르는 모습을 떠올리며, 그 고통스러운 상상에 난생처음 망아忘我를 체험했습니다.

그뒤로 나는 불을 사랑해왔습니다.

이 고백이 얼마나 바보스럽게 들릴지 상상이 갑니다. 그렇기에 나는 반쯤은 웃음을 사고 싶지 않은 자존심에서, 나머지 반쯤은 나 자신의 생활을 지켜야 할 필요성에서 절대 이 이야기를 입밖에 내지 않았던 겁니다.

세간의 상식을 지닌 무지한 이들은 나를 변태로 간주하겠죠. 그리고 역시 상식적이긴 하나 조금은 지적인 이들은 내 증상을 정신병의 하나로 보고, 나무나 동상 등에 성적 흥분을 느끼는 사람들과 마찬가지로 취급할 겁니다.

어느 쪽이든 상관없습니다, 그들이 나를 그냥 가만히 내버려 두기만 한다면. 그러나 인간을 사랑하는 일의 숭고함을 설파하려는 멍청이나, 심지어 치료를 하려 드는 독선은 도저히 참을 수가 없습니다.

나는 종종 인류가 아직 불을 몰랐던 시절을 몽상합니다. 고대 그리스에는 4원소설이라는 이론이 있었는데, 이때 불은 물과 공기, 흙처럼 자연에 늘 존재하는 것이 아니었습니다. 화산이나 낙뢰, 자연발화한 산불처럼, 돌발적이고 완전히 비일상적으로 출현하는 존재였던 것입니다.

그후로 인류는 어떤 방법을 썼는지 불을 길들이는 데 성공했습니다. 그 시대에는 열렬히 불을 동경하고 숭배하며, 일종의 신비주의로 불과의 일체화를 꿈꾼 사람도 많지 않았을까요? 불빛에 날아드는 벌레처럼 타오르는 불길에 제 발로 뛰어들어 타죽은 사람도 꽤 많았을 겁니다.

설령 그러지 않았더라도 그들은 생식 상대조차 제대로 만나지 못해 자연도태했을 것이 틀림없습니다. 그러나 완전히 멸종되지는 않고, 그후에도 이따금 나 같은 자가 나타났다가 결국 일대一代로 사라져버리기를 되풀이했을 테죠.

과연 사랑이라는 게 뭘까요? 성적 흥분이 충분조건이라고 하지는 않겠습니다. 그러나 필요조건이기는 하다고 봅니다.

여하튼 나는 아무리 시간이 흘러도 여자에게 전혀 흥미가 생기지 않았고, 그렇다고 남자가 좋아지지도 않았습니다. 아니, 실은 연애 대상으로 사람을 좋아하게 된다는 것 자체가 머리로만 이해될 따름이었습니다.

사람을 좋아하게 되는 이들은 대체 무엇을 원하는 걸까요? 어떻게 되는 게 행복일까요? 육체적으로 맺어져 하나가 되고 싶다. 나는 에로스를 이해합니다. 그러나 더 나아가면 바로 혼란스러워지고 맙니다. 정신적인 버팀목이 되어 고민을 상담해주고 서로를 위로한다. 사소한 일상 얘기를 하고, 웃고, 같이 외식을 하러 가거나 영화를 보거나 콘서트에 가거나 한다. 결혼해서 경제적인 공동생활을 영위한다. 아이를 낳는다. 아이를 키운다. ……

나는 그런 것들을 전혀 이해하지 못할 만큼 현실에서 벗어나 있지는 않습니다. 그러나 사랑하는 상대에게 왜 그렇게 번잡스러운 요구를 하는지 이해할 수가 없습니다. 그 모든 것은 우정이나 가족애로도 충분히 채워지지 않는가요? 그들은 식사를 겸해 두 시간씩이나 회사의 인간관계로 고민하는 얘기를 들어준 후, 자, 그건 그렇고, 하며 기분을 전환해 섹스에 열중하는 걸까요?

인간은 일반적으로 사랑이 성욕보다 숭고하며 순수하다고 착각하고 있습니다. 그러나 내 의견을 밝히자면 그것은 언어도단적인 오해이며, 사랑이란 거짓과 타산으로 가득한, 엄청나게 불순한 대용물입니다. 사랑이 깨지기 쉬운 이유는 그 혼합물 탓입니다.

그러나 성욕은 단순합니다. 그것은 오로지 합일화만을 꿈꾸는 욕망이므로 절대 사랑으로, 하물며 생활(!)로 타락하는 일이 없습니다.

비밀 기지 화재사건 뒤로 나는 불을 볼 때마다 가슴이 갑갑해졌습니다. 심장이 뛸 때마다 뜨겁게 달궈진 향유가 배어나와 주위로 스며들어가는 듯이 느껴졌습니다.

나는 어머니의 영향으로 책을 즐겨 읽는 편이었는데, 마음이 끌리는 것이라고는 불에 대한 묘사뿐이었습니다. 동급생들이 마지못해 읽는 순수문학 작품에서 정사 장면에만 시선을 빼앗기듯이, 아쿠타가와 류노스케의 『지옥변』이나 『봉교인의 죽음』이 됐든 가와바타 야스나리의 『설국』이 됐든 내 마음을 빼앗는 것은 예외 없이 불이 나오는 장면이었습니다. 단테의 『신곡』을 좋아한 것도 여기저기 불의 묘사가 나와서였으며, 그리스신화 중에서는 가엾은 파에톤의 이야기를 몇 번이나 되풀이해 읽었습니다. 실은 물의 정령을 묘사한 푸케의 『운디네』를 읽고, 불의 정령에 대한 짧고 포르노그래픽한 메르헨을 써본 적도 있습니다. 물론 처음부터 누군가에게 보여줄 생각은 전혀 없이 오로지 나만의 즐거움을 위해 쓴 것이었지만요.

나는 여자의 알몸을 보고 싶어하는 동급생들이 왜 한 권에 만족하지 못하고 자꾸 다른 도색잡지를 손에 넣고 싶어하는지, 그리고 아버지 같은 사람이 왜 어머니만으로 만족하지 못하고 그토록 많은 여자의 몸을 원했는지 겨우 이해할 수 있었습니다.

맨 처음에는 집에 있는 성냥을 그어봤습니다. 지금도 나는 성냥 끄트머리에 숨어 있는 불을 팔을 거머쥐듯 끄집어내는 순간을 이루 말할 수 없이 좋아합니다. 좀처럼 불이 붙지 않고, 불꽃만 번쩍이다 금세 도망쳐버리는 모습은 뭐라 표현할 수 없이 사랑스럽습니다. 성냥 대가리에서 피어오르는 연기의 잔향을 코로 들이마시면 다리 힘마저 풀려버립니다. 한번 붙은 불이 녹아들듯 나뭇개비를 따라 내게 육박해오면 손끝을 조금 태워줄 정도입니다.

그런데 얼마 안 가, 좀더 다른 모습을 보고 싶다는 생각이 들었습니다.

나는 몇 번 어머니 눈을 피해 부엌의 가스레인지 불을 켰습니다. 그러나 별로 마음에 들지 않았습니다. 왕관처럼 치솟는 시퍼런 불길이 얼마나 아름다울까 기대했건만, 이것이 음식을 만드는 데 사용된다고 생각하니 갑자기 간장 냄새가 풍기는 느낌이 들어 흥이 깨졌습니다. 식욕과 성욕은 원래 양립하지 않습니다. 성질이 비슷하긴 하지만 소화기 계통과 생식기 계통이라는 소관의 차이가 서로 부딪쳐 각각에 집중할 수 없는 것입니다.

한편 과격하고 요란한 기질의 불도 좋아하지 않았습니다. 한신아와지 대지진 화재 때는 다른 이들처럼 텔레비전을 보며 우울해했습니다. 나는 좀더 우미優美한, 다소 웨트wet한 불을 좋아하는 것입니다.

물론 가장 먼저 내 마음을 사로잡은 것은 예의 비밀 기지 화재 때 본 불이었습니다. 그러나 거기에는 시가 있었습니다. 나중에 어머니와 함께 타르콥스키의 〈거울〉이라는 영화를 보는데 내가 보았던 것과 완전히 똑같은 불이 나와서 소스라치게 놀랐습니다. 마치 첫사랑 상대가 오래된 소련 영화에 등장한 장면을 발견한 것과 같은 놀라움이었습니다.

나는 아버지가 애용하던 금색 던힐 가스라이터도 이따금 빌려 썼습니다. 성냥과 달리 언제까지고 불길이 사그라지지 않아서 느긋하게 찬찬히 감상할 수 있었습니다. 책상에 세울 수 있어 손이 자유로워진다는 점도 그것을 아낀 이유였습니다.

견고한 놋쇠로 만들어진 그 보디가 바깥세계로부터 불을 지켜주면서도 어딘가 사치스러운 새장처럼 불을 에워싸고 있는 광경은 내게 최초의 정복감을 안겨주었습니다. 그러나 그것이 아버지의 손에 쥐어진 모습을, 아버지의 담뱃불이 되어 소비되는 모습을 보는 날에는 질투심에 돌아버릴 지경이었습니다. 동네에서 담배를 볼 때마다 똑같은 생각을 했고, 필연적으로 중학교에 들어갈 무렵에는 흡연 습관이 생겨버렸습니다. 내게 첫 키스는 처음 담배를 피운 날이라고 여기고 있습니다.

담배 하니 말인데, 큰 실수를 한 적이 있습니다.

나는 중학교에 들어간 지 얼마 안 돼서 자기 팔을 담뱃불로 지지는 즐거움을 알았습니다. 그전에도 손끝에 살짝 화상을 입는 정도는 경험했지만, 위팔 안쪽의 가장 부드러운 피부를 허락한 것은 처음이었습니다. 아무래도 조금 용기를 내야 했으나 뇌에 꽂히는 듯한 그 날카로운 통증은 기대를 저버리지 않고 강렬한 황홀감을 안겨주었습니다.

한동안 반창고로 화상 자국을 감추고 다녔는데, 기회만 생기면 남몰래 벗겨서 그 키스마크를 확인하고 직접 입술을 대보기도 했습니다.

때마침 동복을 입는 시기라 아무도 우리의 비밀을 알아채지 못했습니다. 그러나 성에 차지 않아 곧 두 개, 세 개로 늘려가다 보니 결국은 아버지에게 들키고 말았습니다.

아버지는 추호도 의심 없이 내가 괴롭힘을 당하고 있다고 여겼고, 서슬 퍼런 얼굴로 학교로 찾아와 고함을 쳤습니다. 선생님 또한 나 스스로 그런 바보 같은 짓을 했다고는 상상도 못했기에 그뒤로 나를 괴롭힌 범인을 찾아내려는 대소동이 벌어졌습니다.

나는 곤란한 나머지 한동안 입을 꾹 다물고 있었지만, 결국 귀찮은 마음에 실은 길에서 시비가 붙었다며 이 지역의 유명한 폭력단 이름을 댔습니다. 상해죄로 고소할 수 있으니 원래는 경찰까지 끌어들여 훨씬 크게 번질 일이겠지만, 예상대로 아버지와 학교는 완전히 기가 죽어서 흐지부지 넘어갔습니다.

그후에도 나의 나쁜 버릇은 고쳐지지 않았습니다. 다만 눈에 띄는 팔 같은 부위는 더이상 손대지 않고, 좀더 직접적으로, 가장 남들이 보기 힘들 곳에 은밀하게 키스마크를 만들게 되었습니다.

내가 제일 애용했던 것은 중학교 2학년 때 과학실에서 훔쳐온 알코올램프였습니다. 지금 돌이켜봐도 나는 그 알코올램프에서 솟아오르는 불길을 제일 좋아했습니다. 잊을 수 없는 불입니다.

그 불길은 더할 나위 없이 고상했고, 요염하고 우미한 곡선이 끄트머리에서 덧없이 오므라지듯 갈무리되었습니다. 밑동은 아이새도처럼 조금 파란 기를 띠지만 전체적으로는 예의 비밀 기지를 태우던 불의 모습이었습니다. 살며시 입김을 불면 간지럼을 타듯 몸을 꼬다가 금세 시치미떼고서 우뚝 치솟는 모양이 너무 귀엽고 기특하여 나는 절로 웃음을 머금곤 했습니다.

램프의 생김새 자체도 이루 말할 수 없이 사랑스럽습니다. 손바닥에 쏙 들어오는 크기하며, 어린애의 페니스를 뽑아 알코올에 담가둔 듯한 하얀 심지하며, 색소가 침착된 듯 끄트머리에 거뭇하게 눌어붙은 자국하며, 모든 것이 내 불의 거처로 완벽했습니다.

뚜껑을 열고, 성냥을 긋고, 알코올램프 위에 살며시 불을 붙여주면, 불은 순식간에 오직 나 하나를 위해 노래해주는 것입니다.

연소는 시간에 불을 밝힌 영원입니다. 불 앞에서 나의 시간은 타들어가버립니다.

나는 내 안의 모든 욕망을 오로지 불에 대한 사랑 하나로 순화함으로써 인생을 단순화하고 투철하게 바꾸어왔습니다. 그것은 절대로 성취되지 않는 짝사랑이며, 그렇기에 그 정열로 내 생을 끊임없이 채워올 수 있었습니다. 내가 이제껏 인생에서 한 번도 허무함을 느낀 적 없는 것은 전적으로 그 덕분입니다.

그런데 스물세 살 때 상상도 하지 못한 일이 벌어졌습니다. 한 해 전 아버지가 갑자기 돌아가신 뒤, 아직 전문가라기에는 부족했던 나는 오래전부터 일해온 직원들의 도움을 받으며 어머니와 함께 가까스로 가게를 이어가고 있었습니다. 숱한 여자들을 품어온 아버지의 육신은 나보다 먼저 불길에 휩싸여 타버렸는데, 그 일은 이별의 슬픔과는 또다른 걱정거리를 남겼습니다. 매우 힘든 시기였지만, 놀랍게도 나에게 호감을 품은 여자가 나타난 것입니다. 나보다 다섯 살 많은 다도 교실의 젊은 사범으로, 오뚝한 코에 갸름한 얼굴에 살결이 흰 미인이었습니다.

늘 카운터에서 주문을 받던 내게 그녀가 어느 날 어머니 눈을 피해 명함을 건네주었습니다. 이메일 주소에 빨간 줄이 그어져 있고, 연락해달라는 메시지가 쓰여 있었습니다.

나는 무슨 영문인지 전혀 모른 채 시키는 대로 메일을 보냈고, 그녀는 답장으로 식사 초대를 했습니다.

나는 그녀에게 아무런 흥미도 없었습니다. 그러나 그런 경험이 처음이라 기뻤던 것도 사실입니다. 약속한 날까지 이런저런 생각을 하던 사이 어쩌면 이것이 내 인생의 전환점일지도 모르겠다는 기분이 들었습니다. 반신반의했지만, 혹시 내가 여자를 사랑하게 되는 건 아닐까, 라고.

거듭 말하지만, 나는 사람에게 전혀 매력을 느끼지 못하는 인간은 아닙니다. 단지 연애 대상이 불인 것뿐입니다. 아버지의 죽음과 혼외자식 일로 어머니가 몹시 지쳐버린 상황이라 기분전환 삼아 가족이 아닌 사람을 만나는 것이 기대되었습니다. 친구는 모두 먼 지역의 대학에 가버렸기에 고향집에 남아 있는 것은 나 혼자였습니다.

점심 약속을 한 날, 그녀는 약속 장소인 이탈리안 레스토랑에 평소와 같은 기모노 차림으로 나타났습니다.

나는 무슨 얘기를 해야 할지 몰라 쭉 입을 다물고 있었습니다. 놀랍게도 그녀 역시 긴장했는지 거의 말을 하지 않고, 침착하지 못하게 심호흡만 연발했습니다.

이윽고 그녀가 가게에서 산 과자 중 뭐가 맛있었다, 주위에서 평이 좋았다는 얘기를 조금씩 꺼내기 시작했습니다. 나는 과자를 만드는 작업 자체는 좋아했기에 그 말에 어렵지 않게 대답하면서 대화가 조금 이어졌습니다.

그녀는 보면 볼수록 미인이었습니다. 이런 사람이 하필 불에만 관심이 있는 과자가게 아들을 좋아할 수밖에 없을 만큼 좁은 동네가 한탄스러울 따름이었습니다. 나는 그녀가 가여워졌습니다. 그도 그럴 것이, 그녀가 명백히 자신감을 보였기 때문입니다.

디저트를 먹고 커피를 마신 후, 인내심이 다한 그녀가 내게 '사귀는 사람'이 있느냐고 물었습니다. 나는 없다고 솔직하게 대답했습니다. '사람'은 아니었으니까요. 그녀는 그 말에 뺨을 살짝 붉혔습니다. 그리고 내 말을 기다렸습니다. 나는 하는 수 없이 다음에 다시 식사라도 같이 하자고 말했습니다. 그녀는 조금 부족하다고 느끼는 눈치였지만 곧 웃는 얼굴로 네, 그래요, 라고 대답했습니다.

그런 일이 두 번 세 번 이어지자 더는 물러날 수 없게 되었습니다.

나는 그녀와 육체적인 관계를 가지기로 결심했습니다. 그녀에게 성적으로 끌리는 면은 여전히 전혀 없었지만, 나 자신의 변화를 기대하는 마음은 아직 남아 있었습니다. 여성을, 이라기보다 하다못해 여성도 사랑할 수 있게 된다면 나쁠 건 없었습니다. 적어도 내 장래를 걱정하며 슬슬 혼담까지 꺼내시는 어머니는 안

심하겠죠.

그날 나는 그녀의 집에 저녁 초대를 받았습니다. 당연히 식사만 하고 돌아올 거라고 생각하지는 않았습니다.

샐러드와 고기 요리가 차려진 식탁은 풍성하고 다채로웠고, 나는 그 솜씨에 감탄했습니다. 어디서 배운 요리 같았지만 타고난 감각이 좋은지 나이답지 않게 매우 세련돼 보였습니다.

레드와인 한 병을 둘이 나눠 마시면서도 나는 평소보다 더 말이 없었습니다. 식사하는 동안 이따금 그녀의 입가를 훔쳐보고, 그곳에 내 입술이 겹쳐지는 장면을 일종의 훈련처럼 상상했습니다. 그리고 소름이 돋는 듯한 불쾌감을 느끼고 불안해졌습니다.

참으로 이상한 일이라 하겠지요. 나는 늘 불과의 입맞춤을 꿈꿔왔습니다. 그 이미지는 명백히 사람과 사람이 주고받는 행위에서 유래한 것입니다. 내가 불에서 발견한 아름다운 곡선이나 사랑스러운 몸짓도 아마 매우 여성적인 것으로 인식되지 않았을까요. 그런데 막상 살아 있는 여자를 앞에 두고 보니, 서로의 점막을 점액과 함께 휘감는 행위에 역시나 도를 넘어서는 오싹함을 느끼고 만 것입니다.

식사를 마치고 우리는 소파에 편히 앉아 홍차를 마셨습니다. 방 두 개짜리 맨션으로, 가구나 인테리어 소품에서 보이는 고상하고 차분한 취향이 어머니의 악취미와 대조적이었습니다. 나는 여전히 침묵하고 있었는데, 그녀가 이 지경에 이르러서도 아직 흥이 깨진 티를 내지 않는 것이 거의 오기처럼 여겨졌습니다.

침묵이 길어질수록 초조함은 쌓여갔습니다. 그녀는 자세를 바꾸는 척하며 몇 번인가 나를 건드렸고, 이윽고 내 어깨에 머리를 얹었습니다. 건곤일척, 나는 키스를 해보았습니다. 그러나 그녀의 혀가 내 안으로 들어온 순간 틀렸다는 생각이 들고 말았습니다. 시큼한 침 냄새가 코를 찌르자 나는 역겹다고 느꼈습니다. 아니, 바로 옆에서 풍기는 여자의 체취 자체를 현실적으로 수용하기 어렵다고 통감했습니다. 그것은 여자에 대한 나의 빈약한 상상이 미처 대비하지 못했던 뜻밖의 요소였습니다. 제삼자라면 의심의 여지 없이 나보다 그녀에게서 비교도 안 될 만큼 좋은 냄새를 맡았겠지만.

반사적으로 몸을 떼자 그녀가 놀란 얼굴로 나를 보았습니다. 그리고 아주 틀렸다고만은 할 수 없는 지레짐작을 하더니 살며시 웃고, "괜찮아"라고 말하며 나를 곧장 침대로 이끌고 갔습니다.

한 가지, 전혀 예상치 못했던 문제가 발생했습니다. 어스름한 불빛 속에서 화상 자국이 가득한 내 성기를 보고 놀란 그녀가 "왜 이래?"라고 물은 겁니다.

어수룩하다고 해야 할지 뭐라고 해야 할지, 나는 제일 먼저 걱정했어야 할 점을 까맣게 잊고 있던 겁니다. 순간적으로 어릴 때 괴롭힘을 당했다고 거짓말을 했습니다. 그러자 그녀는 내가 무엇에 얽매여 육체적인 관계를 시도하지 않았는지 자기 편할 대로 이해했습니다. 그리고 눈물을 그렁거리며, 죽은듯이 움직이지 않는 그것을 어루만지기 시작했습니다.

나는 더욱 난처해졌습니다. 그녀의 선량한 마음씨에 감동받긴 했지만, 그 알몸을 보고 가슴이나 엉덩이를 만져도 역시나 아무런 흥분도 일지 않았습니다. 오감 전체가 그녀의 존재를 거부하던 바로 그때, 뜻밖의 요행이 찾아왔습니다.

경직된 채 침대에 마냥 누워 있는 내게 애태우던 그녀가 잠시 긴장을 풀자며 평소 사용한다는 향초에 불을 붙인 것입니다! 나는 매달리는 심정으로 그 불을 뚫어져라 바라보았습니다. 내 몸에는 거의 조건반사적으로 변화가 일어났습니다. ……

어머니의 책꽂이에서 꺼내 읽은 한 사상가의 책에 이런 구절이 있었습니다. 인간이 불을 피울 생각을 해낸 것은 성교 때의 마찰열을 알았기 때문이라고. 나는 별 바보 같은 생각을 다 한다며 웃으며 읽었지만, 그 책은 너무나 진지하게 여러 가지 방증을 들고 있었습니다.

나는 그녀와의 행위 내내 오로지 불을 바라보며 그 생각을 떠올렸습니다. 그녀를 불의 메타포 삼아, 이를테면 불의 대리로 간주하려 애썼던 것입니다.

겨우 일을 끝마친 뒤 나는 안도하며 그 '대리'라는 착상에 어느 정도 만족했습니다. 그것은 마땅히 범화론汎火論이라 불러야 했습니다. 그녀뿐 아니라 이 세상의 모든 장소에는 불이 가득하고, 계기만 주어지면 당장이라도 타오르는 것입니다. 나는 사람들이 이 세상을 미추나 선악의 기준으로 바라보듯이, 모든 것을 오직 타기 쉬운지 아닌지의 관점에 따라 구분하기 시작했습니다. 나의 히에라르키에서 종이나 톱밥은 최고의 존재였고, 쇠나 루비나 사파이어는 최저의 물질이었습니다.

나는 만질 수 없는 불 대신 책상을 어루만지고, 책을 애완하고, 그녀의 손을 잡았습니다. 그 나체를 언젠가 불살라질 것으로 생각하고 끌어안았습니다.

그로부터 몇 년간이 나와 이 세계의 밀월이었던 것 같습니다.

그녀가 나라는 인간이 얼마나 시시한지 깨닫는 데는 오랜 시간이 걸리지 않았습니다. 그녀에게는 내가 몹시 냉담하게 느껴졌던 모양입니다. 사람 마음을 몰라준다며 자주 닦아세웠지만 대답할 말이 없었습니다. 그래도 우리 관계는 팔 개월간 이어졌습니다. 나는 그녀가 인간적으로는 싫지 않았기에 이별이 아쉽기는 했지만, 제아무리 방안 가득 양초를 밝히고 관계를 가진다 해도 역시나 그 끈적끈적한 점막의 접촉은 생리적으로 좋아지지가 않았습니다.

나는 그후로 가게에 집중하며 그 시기의 다른 기억은 거의 나지 않을 정도로 열심히 일했습니다. 밤이 되면 나의 사랑스러운 불에 둘러싸여 잠시나마 지복의 순간을 맛보았습니다. 그것은 나의 자그마한 인공낙원이었습니다.

그날, 나는 평소처럼 라이터와 양초, 알코올램프 등 다양한 불에 둘러싸인 채 가게 2층의 내 방에서 홀로 점심시간을 보내고 있었습니다. 바지 허리띠를 풀고 멍하니 앉아 있었습니다. 한시가 가까워져 슬슬 가게로 돌아가야겠다고 생각한 순간, 갑자기 쿵 소리와 함께 밑에서 치솟아오르는 듯한 충격이 느껴지더니 한동안 실내가 심하게 흔들렸습니다.

이 지역은 지진이 나지 않는 곳이었기에 나는 당황했습니다. 책상에 늘어놓은 불들이 놀라서 도망쳐버리지는 않을까 걱정스러웠습니다. 실제로 안쪽에 세워뒀던 가스라이터 하나가 쓰러져서 이미 책상을 태우기 시작했습니다. 나는 그것을 일으켜 세우려고 팔을 뻗었습니다.

그 순간, 내가 가장 가까이 두고 아꼈던 알코올램프의 불이 더는 참지 못하겠다는 듯 내 팔로 덤벼들었습니다. 아니, 불이 잘못한 게 아닙니다. 내가 화학섬유 스웨터를 입고 있었던 것이 잘못이죠. 나는 순식간에 불덩어리가 되었습니다. 일찍이 경험해 본 적 없는 고통이었기에 처음에는 옷을 벗어 불길을 떨쳐내려고 애를 써봤지만 뜻대로 되지 않았습니다. 무아몽중으로 문으로 달려갔지만 공교롭게도 문을 잠가두었다는 사실을 잊어버렸습니다. 밀고 당기며 실랑이하는 사이, 오른쪽 눈을 불길에 데고 말았습니다. 가까스로 밖으로 나온 나는 반쯤 벗고 있던 바짓자락을 밟는 바람에 계단에서 넘어져 아래층 돌바닥에 내동댕이쳐진 채 몸부림을 쳤습니다.

내 몸에 붙은 불길은 소화기가 아니라 양동이 물로 끈 듯했습니다. 고통 속에서 어머니의 비명이 들렸고, 이렇게 해라 저렇게 해라 외쳐대는 여러 사람들의 고함소리가 어지럽게 오갔습니다.

나는 신체 표피의 30퍼센트에 3도 화상의 중상을 입었습니다. 엎친 데 덮친 격으로 다리뼈까지 부러졌습니다. 병원 응급실에서 의사는 어머니에게 몹시 비관적인 소견을 얘기한 모양입니다. 그러나 목숨은 건졌습니다. 어머니는 나의 장래를 걱정하며 꽤 오랫동안 좋은 병원을 찾아다녔습니다. 특히 얼굴 대부분이

켈로이드로 덮이는 통에 평생 독신으로 살게 될까봐 걱정이 이만저만이 아니었습니다.

옮겨간 병원에서는 습윤 치료라는 비교적 새로운 치료법을 실시하고 있었습니다. 상처를 소독하거나 벗겨내지 않고 습윤 상태를 계속 유지함으로써 피부의 재생을 촉진하는 방법인데, 일 년 반쯤 지나자 화상 흉터는 놀라우리만큼 원상태와 비슷한 정도로 돌아왔습니다. 응급실에서 얘기했던 피부이식도 하지 않았습니다.

그래도 처음에는 차마 보기 힘든 꼴이었습니다. 담당의사는 거즈 대신 환부의 건조를 막아주는 덮개만 씌워주었는데, 열흘 정도 지나 허옇게 괴사한 피부가 흐물흐물 녹아내리는 광경이 몹시 그로테스크했습니다. 나는 내가 뭐라 형언할 수 없는 존재로 변신해가고 있음을 강하게 느꼈습니다. 괴사한 피부가 떨어져나가자 마치 소년의 귀두처럼 선명한 핑크색 육아肉芽 조직이 모습을 드러냈습니다. 나중에 사람들로부터 죽음의 수렁에서 살아 돌아왔다는 말을 숱하게 들었는데, 그 피부를 보고 있으면 차라리 한번 죽었다가 다시 살아났다는 표현이 더 가까운 것 같은 기분이 듭니다.

지금 나는 지극히 평범한 생활을 하고 있습니다. 가게를 반년쯤 닫았지만 완치하기 전에 다시 열어서 손님들의 발길도 조금씩 되돌아왔습니다. 다들 나의 화상 흉터가 예상외로 심하지 않은 것에 놀라워했는데, 그 이야기를 나누다보면 이따금 갑자기 침묵이 흐르곤 했습니다. 그들은 내게 물어보고 싶은 마음을 누를 길 없지만, 말하자면 예의상 참고 있는 것입니다. 즉 대체 뭘 하다가 화상을 입었느냐고.

일 년의 회복 기간 동안, 나는 내가 사랑에 미쳐버린 나머지 다른 어떤 존재로 변신해버린 그리스신화 속의 인물이라도 된 기분이었습니다. 그러나 예기치 않게 일상이 다시 찾아온 것입니다.

그때 내게 달려들었던 불. 아직 죽지도 않은 나를 서둘러 탄화시키려 한 불. 내가 완전히 신뢰했고, 내 뜻대로 애완한다고 생각했던 불. ……

마침내 안정을 되찾은 어느 날, 나는 다시 알코올램프를 사와서 성냥을 그어 끄트머리에 불을 붙였습니다.

그때는 거의 사람 크기만하게 부풀어오르며 내게 달려들었던 불이 아무 일도 없었다는 듯이 새초롬하게 빛났습니다. 하늘하늘 나부끼는 불길의 끝자락. 조그맣게 오므라진 엉덩이. 날름 혀를 내민 것처럼 환하게 타는 그 불. ……모든 것이 옛날 그대로

입니다.

나와 불은 그때 맺어졌습니다. 그리고 나는 왜 그런지 완전히 타버리지는 않았습니다. 나의 외모는 예상과 다르게, 인간 여자에게도 여전히 사랑을 기대할 수 있을 정도로 회복되었습니다.

게다가 나는 여전히 눈앞의 불을 사랑스럽다고 느낍니다. 이미 맺어졌고, 다시 맺어지기를 두려하면서도 여전히 꿈꾸는 우리의 관계는 보다 깊어졌다고 이제 확신합니다.

그로부터 세월이 꽤 흐른 지금 나는 지역 방송국의 취재나 강연 청탁을 받곤 합니다.

심각한 부상을 극복하고 인생을 긍정적으로 살아가는 사람. 사람들은 나를 그렇게 보고 있고, 실제로도 그렇다고 생각합니다. 다만 그럴 때마다 꺼내지 못하고 덮어둔 얘기들이 뱃속에 쌓이고 또 쌓여가는 통에, 이렇게 구멍을 파서 모조리 토해내고 묻어버려야겠다는 생각이 드는 것입니다.

Re: 요다 씨의 의뢰

동일본 대지진 재해가 일어난 지 딱 이 년이 지난 무렵의 일이다.

소설가 오노는 일전에 함께 일했던 연극 관계자 T씨로부터 '요다 씨의 의뢰'라는 제목의 메일을 받았다. 요다 씨란 극작가이자 연출가인 요다 소사쿠를 말한다. 그간 격조했다는 인사말 뒤에, 조만간 만날 시간을 내달라고만 적혀 있었다. 오노는 그를 좋아했기에 만나는 거야 상관없었지만 일단 무슨 일이냐고 묻는 답장을 보냈다. 그러나 역시 '자세한 얘기는 만나서 하자'며 얼버무리는 대답만 돌아왔다.

T는 이 업계에서 꽤 오랫동안 일한 능력 있는 여성이었으며, 메일도 늘 간단명료하게 쓰고 답장을 보낼 때마다 제목에 번호

를 달 정도로 꼼꼼한 편이었기에, 평소답지 않게 애매한 태도가 마음에 걸렸다.

그래도 오노는 요다가 지금도 자신을 기억하고 있다는 사실을 알게 되어 기뻤다. 그러면서도 정작 요다의 근황은 전혀 몰랐기 때문에 서둘러 인터넷을 검색해서 위키피디아 사이트를 한차례 훑어보았다. 그러나 거기 실린 것은 지극히 간단한 프로필 정도였다.

1955년 이시카와 현 가나자와 시 출생. 극작가, 연출가. 십대 무렵부터 시를 쓰기 시작해 『현대시 수첩』 『유레카』 등에 투고. 그후 도쿄로 이주해 게이오 대학 문학부 독문과 졸업. 분가쿠자를 거쳐 극단 '발콘'을 창설했고, 『애증』으로 기시다 희곡상, 『반작용』으로 요미우리 연극대상을 수상하며 좋은 평가를 받았다. 또한 일찍부터 해외 활동에 힘을 쏟아 이십여 개 언어로 희곡이 번역되었다. ……운운.

마음에 걸린 것은 최근 이 년간 요다가 활동을 거의 하지 않은 듯하다는 점이었다.

오노는 문득 요다가 혹시 무슨 사정으로 그때 지진 재해를 당한 것은 아닐까 생각했다. 그런 생각이 자연스럽게 머릿속에 떠오르는 이 년간이었다.

*

오노가 요다를 처음 만난 것은 십여 년 전 잡지 대담에서였다. 사변적인 희곡과 치밀하고 시적인 연출, 게다가 사진에서 곧잘 보이는 맹금류 같은 눈매 때문에 오노는 그가 괴팍한 사람이리라고 상상했다. 나이는 요다가 스무 살 많았다.

직접 만나자 역시 긴장되었지만, 요다는 진정한 재능의 소유자—재능이 인생의 행복이자 또한 재앙이기도 한 듯한—가 으레 그렇듯 일종의 친절함과 붙임성이 있었고, 억제된 지성의 표현방식에는 색기가 감돌았다. 소매를 살짝 걷어붙인 검은색 하이넥 스웨터에 회색 모직바지를 받쳐입은 심플한 차림이었지만 옷 소재는 고급스러워 보였다. 요다의 작품에 경외심을 품고 있던 오노는 나중에 몇몇에게 "멋진 사람이더라"고 그 개인에 대한 인상을 전했다.

요다는 대담 후반까지도 당시 아직 두 권밖에 나오지 않았던 오노의 소설에 대해서는 일절 언급하지 않았다. 처음에는 보나마나 읽지 않았겠거니 하고 실망했는데, 오히려 읽긴 했지만 칭찬할 수도 폄하할 수도 없는 미묘한 감상을 가진 모양이었다. 평가란 꼭 그 양극 사이에서 정연한 그러데이션을 이루는 것이 아니라, 어떤 사사로운 요소로 인해 어느 쪽으로든 기울 수 있는 법이다.

대담 주제는 미시마 유키오 사후 30주년 기념으로 신국립극장이 위촉한 요다의 3막짜리 희곡 『반작용』이었다. 한편 오노는 미시마의 『나의 벗 히틀러』의 오마주라고 할 수 있는 그 경질硬質의 남성적인 사상극에 깊은 감명을 받았다.

20세기 독일문학을 대표했던 작가 에른스트 윙거가 1960년대에 비공식적으로 일본을 방문했다는 역사적 사실에서 착상을 얻어, 실은 그때 미시마와 만났다는 내용의 작품이었다.

윙거의 이름은 일본에 거의 알려지지 않았지만, 그 존재에는 분명 사람의 호기심을 불러일으키는 면이 있었고, 요다는 1막 첫머리의 대화에서 뛰어난 필력을 발휘해 그를 소개했다.

윙거는 하이데거에게 막대한 영향을 미친 보수 혁명파의 급진적인 작가로, 그 특이한 사상의 원천은 1차세계대전의 처참상이 극해 달했던 서부전선에서의 체험이었다.

지원병으로 최전선 전투에 몸을 던졌던 젊은 날의 윙거는 일년 후 소위가 되었고, 나아가 돌격대장이 된 뒤로 사 년간 중상으로 입원한 회수가 일곱 번에 달했다. 열네 곳에 크고 작은 부상을 입으면서도 특히 아군 구출에서 비할 데 없는 용감함을 발휘하여, '영웅적'이라고 칭해질 만한 수많은 행동으로 1급 철십자훈장, 나아가 군인에게 최고의 영예인 푸르 르 메리트 훈장을 받았다.

전쟁중에는 『총동원』을 비롯한 정치적 작품으로 사회에 충격을 안겼고, 파시즘 이론가로 지목받으면서도 나치스에는 비판적 입장을 고수했다. 2차세계대전 말기에는 유명한 히틀러 암살계획에 간접적으로 관여했으나, 가까스로 사형을 면했다.

불사신이라고 할 만한 강한 생명력으로 종전 후에도 왕성한 집필 활동을 이어갔고, 요다의 희곡이 발표되기 직전인 1998년에 백이 세를 일기로 사망했다. 『반작용』에는 윙거의 부고도 절묘하게 언급되어 있다.

연극은 주인공인 문예지 편집자가 회사 자료실에서 '에른스트 윙거×미시마 유키오 대담'이라고 적힌 공책을 발견하는 장면으로 시작된다. 세계적인 주목을 끌기에 충분한 이 대담은 어찌된 영문인지 전집에도 수록되지 않았고, 기록이 전혀 남아 있지 않을뿐더러 녹취 테이프의 소재도 불분명했다. 조사해보니 이 기획을 실현시킨 사람은 미시마가 생전에 가깝게 지냈던 노년의 전직 편집자였다.

2막, 3막에서는 그의 집으로 찾아간 주인공에게 전직 편집자가 무거운 입을 열고 밝히는, 대담에 얽힌 진상이 펼쳐진다. 과거와 현재, 허구와 실제를 복잡하게 넘나들면서도 장면 하나하나가 티끌 하나 없이 투철하며, 이따금 삽입되는 대담 재현 장면에서는 그 두 스타일리스트라면 영락없이 이러지 않았을까 싶은 현란한 대사들이 불꽃을 튀긴다. 전직 편집자가 독일어가 매우 유창한 석학이라 통역까지 맡았다는 설정이 조금 작위적이지만, 회상적인 영상을 구사해 작품의 톤을 유지하는 장치에서는 주도면밀함이 느껴진다.

전체적으로 『나의 벗 히틀러』에 대항하는—작중 윙거가 그 작품을 일소에 부치는 장면이 나온다—논의가 꼬리에 꼬리를 물며 이어지는 구성 안에 효과적인 서스펜스 요소를 담아내, 오노가 보러 갔던 날에도 막이 내리자마자 열광적인 박수갈채가 터져나왔다.

대담 상대로 오노가 거론된 것은 1990년대 후반에 그처럼 '미시마 유키오를 좋아한다'고 공언하는 사람을 문단에서 지극히 찾아보기 힘들었기 때문이다. 요다는 과거에도 몇 번 미시마와 관련된 대담을 했는데, 그때마다 단조로운 정치적 비판으로 일관하는 상대방의 태도에 학을 뗀 바였다.

두 사람의 대담은 세 시간이나 이어졌고, 요다는 결국 오노에게 호의적이 되었다. 이야기가 마지막을 향해가자 요다가 조금씩, 꽤 후하게 오노의 소설을 칭찬해주었다. 다행히 그의 평가는 호평으로 기운 셈이다. 오노는 그저 짧게 감사 인사를 할 따름이었다.

그후 얼굴을 마주할 기회가 몇 번 있었지만, 항상 공연 후의 대기실이나 요다의 수상 축하 파티 같은 분주한 자리였기에 딱히 깊은 대화를 나누진 못했다.

오노는 이따금 그의 작품에 대한 감상을 적은 긴 메일을 보내거나 서평을 부탁받아 문예지에 글을 쓰거나 했는데, 한 오 년 전부터는 점점 소원해졌다. 그래도 신간이 나오면 증정본을 꼭 보냈지만 요다가 보내주는 증정본은 어느새 끊겨버렸다.

*

T가 저녁식사를 겸해 만나자며 알려준 약속 장소는 니시신주쿠에 있는 고급 호텔이었다. 오노가 십 분쯤 늦게 도착하자 테이블에 요다의 모습은 보이지 않았고, 대신 그가 소개받은 사람은 부인 미치에였다.

정치인의 아내가 입을 법한 회색 정장에 알이 굵은 진주목걸이. 머리는 이마에서부터 가르마를 타서 넘겼고, 목 언저리만 바깥쪽으로 말려 있었다.

잔잔한 이목구비에 짧고 가는 눈썹이 더듬이처럼 바짝 치켜 올라가 있었다. 나이는 사십대 후반 같았는데, 다소 고풍스러운 '부인'이라는 호칭에 애써 맞추려고 노력하는 분위기였다.

T와 오노, 부인은 미슐랭 별이 붙은 프렌치 레스토랑에서 식사를 했다.

요다 부인은 와인 리스트도 보지 않고 화이트와인 한 병을 주문했는데, 공교롭게도 그것이 없어서 소믈리에가 비슷한 종류로 다른 몇 가지를 제안했다. 대수로울 것 없는 대화였지만 부인은 몹시 당황하며 정말 없느냐, 왜 없느냐며 물고 늘어졌다.

T가 옆에서 끼어들어 추천받은 와인 중 가격과 산도를 따져 적당한 것을 골랐다. 소믈리에가 물러나자 요다 부인은 자기가 주문하려 했던 와인이 얼마나 맛있는지, 두 사람에게 얼마나 맛을 보여주고 싶었는지 딱해 보일 정도로 열심히 설명을 늘어놓았다. 원래 와인을 잘 안다기보다 어디서 우연히 마셔본 것 같은 느낌이었다.

그렇다고 그녀의 기분이 상한 것은 아니었다. 전채가 나오자 환호성을 지르며 T의 팔을 두드렸고, "어머, 맛있겠다!" 하며 휴대전화로 사진을 찍었다. 눈을 마주치지는 않았지만 오노는 그녀가 자기를 시야 한구석에 놓치지 않고 주시하고 있음을 느낄 수 있었다.

이상하게 요다 얘기는 전혀 나오지 않았다. 그녀는 우선 오노의 소설을 띠지 광고 문구를 그대로 모방한 듯한 표현으로 칭찬했다. 아마 한 권도 안 읽었지 싶었다. 그뒤로는 계속 T와 함께, 오노가 모르는 사람의 소문만 주고받았다. 그녀는 친정이 유복한 모양으로, 프리저브드 플라워를 취급하는 회사의 임원을 맡고 있다고 했다.

오노는 그녀가 자신을 이 자리에 부른 용건이 무엇인지 도무지 이해할 수 없었다.

첫번째 메인디시 접시가 치워졌을 즈음, 아무래도 오노가 신경쓰였는지 T가 요다 부인에게 본론으로 들어가자고 재촉했다.

그녀는 들고 있던 빵을 내려놓고 손가락을 닦더니, 오늘 드릴 이야기는 두 가지예요, 라고 말문을 열었다.

하나는 이번에 소설의 희곡화를 추진하는 조직을 설립해 위원을 맡게 됐는데, 오노의 작품도 그 후보에 올리고 싶다는 얘기였다.

오노는 멍하니 그 말을 들었다. 왜 그런 조직이 필요한지, 그리고 왜 그런 허가를 받으려는 것인지 이해할 수 없었다.

오노는 T의 얼굴을 보았다. T는 어색한 듯이 물을 마시고 그의 시선을 맞받았다.

테이블이 조용해지자 드디어 부인이 다음 용건을 꺼냈다. 요다에 관한 이야기였다.

그녀는 최근 이 년간 남편의 신상에 무슨 일이 일어났는지 자세하게 알려주었는데, 그 내용이 너무나 강렬해 오노는 맞장구를 치는 것조차 잊고 말았다.

그런 일이 과연 있을 수 있을까? 자타 공히 회의적인 성격이라 인정하는 오노로서는 선뜻 믿기지가 않았다. 그러나 처음 만난 사이이긴 해도, 요다 부인은 도저히 그렇게 복잡한 이야기를 꾸며낼 수 있는 사람으로 보이지 않았다. 그렇다면 요다가 꾸며낸 것일까? 그렇다고는 더더욱 생각하기 어려웠다.

디저트를 앞두고 테이블이 깨끗이 정리되었다. 오노는 눈앞에서 빵 부스러기를 모아 치우는 광경을 멍하니 바라보고 있었다. 배가 불렀지만 뭘 먹었는지 거의 기억나지 않았다.

"그래서, 요다 씨의 의뢰가 뭐죠?"

오노가 부인에게 물었다.

"아, 네." 그녀가 가방에서 커다란 갈색 봉투를 꺼냈다. "남편의 얘기를 받아적은 메모와 녹취본이 있는데, 오노 씨가 이걸 소설로 만들어주셨으면 해요."

"소설요?"

"소설이나, 뭐, 그 비슷한 글로, ……남편은 소설이면 좋겠다고 하더군요."

오노는 건네받은 봉투 안을 들여다보고 물었다.

"굳이 소설로 쓸 필요 없이, 이대로 발표하면 되잖습니까?"

"그대로는 힘들 거예요." T가 끼어들었다.

"……"

아닌 게 아니라 소설 소재로는 더없이 매력적이었지만, 오노는 아무래도 내키지 않았다.

"그런데 왜 하필 저죠?"

"남편의 간곡한 부탁이에요. 오노 씨밖에 없다고. 남편은 쇼팽과 들라크루아 이야기를 쓴 오노 씨 소설을 무척 좋아해요."

"아아, 그걸 읽어주셨군요. ……하지만 그건 이미 죽은 옛날 사람들의 이야기예요. 살아 있는 사람이면 또 다릅니다. 그런 장르에 능숙한 르포 작가에게 부탁하는 게 낫지 않을까요."

"남편은 그런 글이 아니라 소설로 만들기를 원해요. 오노 씨가 원하는 대로 써도 상관없으니, 한번 훑어봐주시면 안 될까요?"

디저트 접시가 나오고 웨이터가 설명을 시작하자 대화는 중단되었다. 요다 부인은 아이스크림을 곁들인 가토 쇼콜라를 한입 먹고는 가방을 들고 잠시 자리를 떴다.

그녀의 모습이 사라지자 오노가 T에게 물었다.

"왜 미리 말을 안 해줬어요?"

"죄송해요. 저도 뭐라고 설명하기 힘들어서요. 괜한 오해로 오노 씨가 거절해버리시면 안 되니까요."

T는 언제나처럼 둥근 안경 위로 눈썹을 미안하다는 듯 늘어뜨리고, 턱에 매실 씨앗 같은 주름을 잡으며 말했다.

"그나저나, ……아까 하신 얘기는 정말입니까? 요다 씨를 만나봤어요?"

"딱 한 번요. 사모님 얘기가 사실인 것 같아요."

오노는 입을 다물고 한숨을 내쉬었다.

"사모님과는 전부터 알고 지내셨나요?"

"아뇨, 최근에 알았어요. 두 분이 결혼한 지도 일 년 정도밖에 안 됐으니."

"믿을 만한가요, 저 사람? 이렇게 말하면 뭣하지만, 작가가 죽은 뒤에 배우자와 출판사 사이에 판권 문제가 복잡하게 얽히는 경우가 종종 있잖아요. 알고 보면 생전부터 부인이 대리인 역할을 해서 정작 작가는 꼼짝 못했다거나, 가깝던 사람과의 관계도 전부 끊겼다거나. 솔직히 그런 타입이 절대 아니라고는 못할 것 같은데요."

T는 동의의 표시로 고개를 끄덕이면서도 "그렇지만 오노 씨, 그런 경우는 대체로 부인 없이 작가 혼자서 살아가기가 불가능한 상황이에요. 비난할 수만은 없어요"라며 이해를 구하듯이 말했다.

"그건, ……그럴지도 모르겠군요. —요다 씨는 어떤가요?"

T는 안타까운 듯이 고개를 가로저었다. "요다 씨는 부인 없이는 일상생활이 전혀 불가능해요."

오노는 팔짱을 끼고 생각에 잠겼다.

"T씨는 제가 이 일을 하는 게 좋을 것 같나요?"

"해주시면 좋겠어요."

"저 부인을 위해서요?"

"요다 씨를 위해서죠."

마침 그때 요다 부인이 돌아왔다.

오노는 결국 그날은 답변을 미루고, 자료만 받아가기로 했다.

*

봉투에는 부인의 말대로 요다의 이야기를 받아적은 원고와 녹취 파일을 저장한 USB메모리가 들어 있었다.

부인이 대략 시간순으로 정리해둔 듯했지만, 이대로는 출판할 수 없다는 말이 이해가 갔다. 문장이 띄엄띄엄 끊기고 의미 모를 부분도—부인이 직접 (?) 표시해둔 곳을 포함해— 꽤 많았다.

말하던 내용이 결말에 이르지 못하고 사라져버리거나 전혀 다른 얘기로 바뀌어버리기도 했다. 조사의 쓰임은 호응이 맞지 않아 혼란스러웠고, 주어와 서술어도 중심을 잃고 물에 떠 있는 느낌이었다. 그러나 전체적으로는 결코 지리멸렬하지 않았다.

한편 녹음된 요다의 목소리는 어딘가 섬뜩했다. 오노가 익히 아는 나지막하고 명료한 목소리였지만, 억양이 엉망인데다 음절도 혼란스러웠다. 어떤 부분은 테이프를 거꾸로 돌린 것처럼 들리는가 하면, 받아적은 문장이 그렇듯 얘기가 길어지면 갑자기 침묵으로 빠져버리기도 했다.

인간이 하는 말처럼 들리지 않지만 그렇다고 기계 같지도 않다. 목소리는 닿을 수 없이 먼 곳에서 흘러나오는 듯했고, 도중에 무수한 상처를 입고 있었다.

오노는 적어도 요다 부인의 얘기는 믿을 수 있겠다 싶었다. 녹취본은 짧았지만 받아적은 내용은, 이 역시 장담할 수는 없지만 그녀가 완벽하게 꾸며낼 수 있는 성격의 것이 아니었다. 상황의 기이함뿐 아니라 요다 특유의 사고방식도 드러나 있었는데, 부인이 한 말도 상당히 섞여 있는 듯했다. 아니면 혹시 부인에게 직접 한 말까지 다 받아적은 것일까. 그 정도로 뒤죽박죽이라는 느낌이었다.

오노는 생각에 잠겼다. 요다는 나에게 무엇을 전하려는 것일까? 소설로 만들어달라는 건 대체 무슨 의도에서일까? ……

자료의 분량을 보았을 때 정말 소설로 쓴다 해도 기껏해야 중편 정도일 듯했다.

오노는 이리저리 흩어진 말들의 집적을 일단 스스로의 흥미를 채우는 차원에서 복원해보기로 했다. 문장의 뜻을 추측해 모자란 부분을 메우고, 어떤 암시처럼 여겨지는 부분에는 색을 바꿔 해석을 덧붙였다. 한동안 작업하던 그는 결국 하나의 통일된 문체가 필요하다고 통감했다.

그 나름의 이해는 일정한 방향성을 지니고 작동했지만, 근본적인 부분을 오해했을 가능성도 있었다. 그것을 염려해 지나치게 신중을 기하려 애쓰는 바람에 초고를 썼다 지우기를 반복했다.

전체를 여덟 장으로 나누고, 임시로 제목을 붙였다. 특히 지금 요다가 빠져 있는 이상 상태의 계기가 되었던 사건에 대해서는 많은 부분을 할애했다. 비율 자체도 최대한 존중했다. 그밖에 의미가 있는지 없는지 알 수 없는 부분—예를 들면 〈사드 후작부인〉의 연출 계획 이야기—이나 요다보다 부인이 한 말처럼 느껴지는 부분도 삭제하지 않고 살려두었다.

*　*　*

Re: 요다 씨의 의뢰

1. 전말

그날 오후 나리타에는 여우비가 내렸다.

착륙 준비를 시작한 비행기가 구름 사이를 빠져나오자 양쪽 창으로 일제히 황금빛이 부풀어올랐다. 그때는 딱히 이상하게 여기지 않았는데, 생각해보면 기이한 일처럼 느껴진다.

나는 실눈을 뜨고 몇 초 지나자 직전까지 하고 있던 생각을 완전히 잊어버렸다. 마치 잠에서 깨어 눈을 뜬 순간, 어스름히 밝아오는 침실의 광경이 꿈의 기억에 덧씌워져버리는 것과 비슷했다. 인간은 역시 각성할 때마다 놀라는 법이다.

수하물 찾는 곳에서 짐가방을 기다리던 나는 료코와 전혀 대화를 하고 있지 않음을 알아차렸다. 대체 언제부터지? 생각이 나지 않았다. 어쩌면 파리에서부터 한 마디도 나누지 않았는지 모른다.

드디어 벨트컨베이어가 움직이기 시작했지만 그 속도는 실패한 농담처럼 느렸다. 고장인가 싶었으나 다른 레인도 별 차이가 없었다.

일본인 탑승객들은 막 전원을 켠 휴대전화만 만지작거릴 뿐 누구 하나 불평하지 않았다. 나는 엉뚱한 데서 이 주 만의 귀국을 실감하며 속으로 고개를 저었다.

겨우 짐을 찾아 이동하자, 이번에는 세관에서 내 짐가방을 집요하게 살펴보았다.

"연출가라고요? 텔레비전?"

말투나 동작이나 아둔한 직원이었다.

"연극 쪽입니다."

눈이 쏙 들어가고 바짝 야윈 내 얼굴은 본의 아니게 자주 경계심을 산다. '외국인'으로 착각하는 것도 아마 그 예일 것이다. 지금은 수염을 기른데다 기내에서 와인을 마신 탓에 얼굴이 부어서 꼭 약을 한 것처럼 보였는지도 모른다.

나는 료코를 먼저 내보냈다. 조금씩 짜증이 치밀어 팔짱을 낀 채 가운뎃손가락으로 갈비뼈 언저리를 두드렸다.

불현듯 육체의 노화가 부분적으로 빠르거나 느리게 진행되는 인간에 대한 새로운 희곡 아이디어가 떠올랐다. 손만 노화되어 버린 남자. 목만 언제까지고 젊디젊은 여자. 얼굴이 몸보다 앞서 나이를 먹어버린 사람. 그러고 보니 뒤라스의 『연인』 첫머리도 그런 레토릭이 아니었나. ……

로비는 매우 혼잡했다.

료코를 찾아 이리저리 살피는데 출입구 너머로 격렬하게 물보라를 튕기는 아스팔트가 보였다. 나는 그 잡답雜沓한 빗줄기를 바라보며 처음으로 뭔가 기묘하다고 느꼈다.

분명 눈앞에 보이기는 한다. 그러나 그것이 뭔지 알 수 없었다. 단순한 만큼 한층 교묘한 수수께끼 그림 한 장이 힌트도 없이 내밀어진 것 같았다.

나는 갑자기 신경이 쓰여 수하물 찾는 곳을 돌아봤지만, 이미 돌아갈 수 없도록 문이 닫혀 있었다. 돌이켜보면 그때의 감이 옳았던 셈이다.

이제는 그 광경을 읽는 방법을 알고 있다. 그러나 마주보는 두 얼굴의 실루엣 사이에 하얗게 빛나는 꽃병이 숨어 있는 그 유명한 그림처럼, 자칫 잘못하면 역시나 그 실마리를 놓쳐버리기 십상이다.

료코는 출입구 근처에서 낯선 남자와 얘기를 나누고 있었다. 여우비의 역광에 비치는 두 사람의 실루엣 사이에도 분명 빈 꽃병 하나가 감춰져 있었을 것이다. 그때는 짐작조차 할 수 없었지만.

료코는 아름다운 여자였다. 지금은 기억이 흐릿해졌지만 그래서 더욱 아름답다. 끝까지 무너지지 않고 남아 있던 기억이 그녀가 지닌 아름다움의 전체상을 충분히 상상하게 해주는 부분—이를테면 대리석처럼 차갑고 선명한 콧마루나, 나도제비난의 측화변처럼 희고 촉촉한 뺨이나—이었다는 사실이 내 마음을 위로해준다.

검은 선글라스가 그토록 사람들의 눈길을 끌었던 것도, 일종의 타고난 기품과 빼어난 외모 때문이라 할 것이다.

기내에서도 그녀는 통로를 오가는 승객들의 은밀한 탐색의 표적이 되었다. 그러나 누구도 그 무명 연극배우의 얼굴을 알아보고 뜻밖의 해후에 눈을 빛내지는 않았다.

료코는 평생 신기할 만큼 무명이었다.

연극배우 경력은 결코 짧지 않았지만, 나도 오디션에서 처음 만났을 때는 그녀의 얼굴이 낯설었다. 출연작 목록을 보아하니 분명히 몇 번 공연을 본 적 있을 텐데도.

내 연극에 나오게 된 뒤로도 료코라는 배우는 하나의 특이한 현상으로 비쳤다. 키가 크고 자세가 좋아서 무대에서 돋보이는 체구였다. 목소리가 맑고 또렷해서 억제력이 필요한 기품 있는 역할을 잘 소화했고, 그만큼 깊고 그윽한 색기를 풍겼다. 그녀는 육체의 원근법 저 너머에 어딘가 음란한 소실점을 지닌 여자였다. 그런 상상을 불러일으켰다.

비록 단역일지라도 그녀는 절대 역할에 매몰되지 않았다. 일단 무대에 서면 대사가 없더라도 어떤 자세를 취하고 있는지, 어떤 표정을 짓고 있는지 그 존재가 끊임없이 관심을 끌었다. 그러나 작품 평에는 그녀의 이름이 전혀 등장하지 않았다. 칭찬도 없지만, 혹평도 없었다. 마치 아예 출연하지 않았던 양 언급조차 되지 않았다.

매력이 없는 것은 절대 아니었다. 나뿐 아니라 제작진이나 다른 배우들도 모두 료코의 존재에 강한 인상을 받았기에 그녀가 으레 기억의 맹점으로 빨려들어가버리는 것을 의아해하며 딱하게 여겼고, 경쟁의식을 불태우던 여자 배우는 맥이 풀린다는 듯 남몰래 웃음짓곤 했다.

료코는 상처받았을 것이다. 절대 만족했을 리 없었을 테지만, 내게는 단 한 번도 불만을 말하지 않았다. 그 표정은 거의 의연하다고 해도 될 정도였다.

얼마 지나지 않아 육체관계를 맺게 됐을 때, 나는 나를 대하는 그녀의 태도에 감탄했다. 이상한 표현이지만 그 무조건적인, 상대를 완전히 신뢰한 듯 무람없이 스스로를 드러내는 태도는 내게도 그만큼 자연히 그녀를 존중하고 그녀의 쾌감에 자상하게 응해야 하는 임무를 부여했다. 그 점은 나의 무대연출에 배우로서 임하는 그녀의 유보 없고 완전한 동의와 비슷했다.

우리 관계가 결국 무엇이었는지는 설명하기 어렵다. 사랑했다기에는 서로의 내면에 지나칠 만큼 관여하지 않았다.

일정한 연령에 달하면 인간은 오랫동안 익숙해진 자신의 고독을 타인이 건드리는 것을 꺼리기 마련이다. 나나 그녀나 상대의 속내를 추측하는 것은 남의 가방을 뒤지는 것과 마찬가지로 상스러운 일이라며 경멸했기에, 그저 겉으로 드러내는 부분만 배려했다.

같이 살지도 않았으니 서로 만나는 시간 외에는 간섭하지 않았다. 최근 삼 년간, 나와 다른 여자들의 관계에 대해서도 그녀는 아무 말 하지 않았다. 정말 아무것도 몰랐을 가능성도 있다. 어땠는지 캐볼 마음은 없다. 그러나 무언가가 있었다고는 생각하고 싶었다.

"도쿄 시내까지 만오천 엔이래."

료코가 어깨를 움츠리며 말했다. 그녀는 내게 말을 걸 때 대체로 그렇게 웃었다. 오른쪽 뺨에 살짝 깊은 주름을 잡으며. 나는 그곳에 언뜻 스치는 음영에 마음을 사로잡혔다.

"두 분이니까 한 사람당 칠천오백 엔. 보통 이만 엔은 받아요. 차는 벤츠고요. 어때요?"

가냘프게 떨리는 새된 목소리가 지금도 귓속 깊이 손이 닿지 않는 곳에 떨어져 있다. 그 남자는 곱슬곱슬한 백발에 베레모를 썼고, 코가 그림 동화책에 나오는 마녀처럼 길게 뻗어 있었다. 밭일하는 사람처럼 햇볕에 그을렸고, 등은 굽지 않았지만 베이지색 셔츠 사이로 가슴팍에 곱실거리는 흰 털이 엿보였다. 일흔 살은 넘었을 것이다.

나리타에도 불법영업 택시가 있다는 게 의외였다. 만오천 엔이면 싸긴 하지만, 이렇게 나이든 사람이 몰아도 괜찮을까? 혼자였다면 틀림없이 거절했을 것이다. 그러나 이미 끝을 예감하고 있던 나는 아무리 사사로운 부분이라도 료코에게 반대 의견을 내놓고 싶지 않았다. 그러니 실은 더더욱 그 자리에서 이별을 고하는 쪽을 선택해야 했겠지만.

우리는 로터리를 벗어나 비를 맞으며 일반차량 주차장까지 걸어갔다. 장거리 버스가 오가면서 내는 땅울림과 이착륙하는 비행기의 굉음 사이로 빗소리가 내게 줄기차게 뭐라고 호소하고 있었다.

마음이 바뀌기 전에 서두르려는 것인지 운전기사는 우리 둘의 여행가방을 양손으로 끌고 도망치듯 빠르게 걸었다. 도중에 순찰하는 경찰과 눈이 마주친 나는 무슨 나쁜 짓에 가담한 기분이 들었지만, 딱히 그를 불러 세우지는 않았다. 오히려 속아넘어간 인간의 어리석음을 속으로 비웃었을지도 모른다.

차는 벤츠는 벤츠지만 대체 언제 적 모델일까 싶을 정도로 형편없었다. 안을 들여다보니 손으로 뜬 분홍색 방석 두 장이 뒷좌석에 놓여 있었다. 나는 마지막으로 다시 한번 망설였지만 지금 와서 되돌아가기도 귀찮았다. 책이 들어서 무거운 여행가방을 직접 들어올려 트렁크에 실었다. 저멀리 고속도로 입구를 바라보며, 왠지 시간이 걸릴 것 같다는 느낌이 들었다.

료코는 조수석 뒤에, 나는 운전석 뒤에 앉았다.

운전기사가 아이스박스에서 작은 페트병 녹차 두 개를 꺼내 건네주었다. 축축하게 젖은데다 미적지근해서 불쾌했다.

운전석과 조수석 사이에 있는 수납함에는 둥그런 플라스틱 연필통 두 개가 나란히 서 있었다. 각각의 연필통에는 다채로운 색깔의 볼펜들이 빽빽이 꽂혀 있었다. 언뜻 보기에도 팔십 자루는 될 것 같았다.

왜 그런 게 놓여 있는지 짐작이 가지 않았다. 료코도 분명히 봤을 테지만 찜찜했는지 뭐라고 언급하지는 않았다.

손가락 부분이 뚫린 검은색 가죽장갑을 낀 운전기사가 출발 전에 "안전벨트를 매주세요"라고 중얼거렸다. 고개를 살짝 뒤로 향했지만 우리와 눈을 마주치지는 않았다.

*

달리기 시작한 차 안에서 내 머릿속을 차지하고 있던 생각은 실패한 파리 공연에 관한 것이었다. 공연 직후의 실망감을 며칠에 걸쳐 가까스로 떨쳐내고 제법 마음이 안정된 줄 알았다. 그러나 열두 시간의 비행 동안 마신 고작 몇 잔의 술 탓인지, 정신을 차려보니 손쓸 새도 없이 온몸에 우울한 독이 퍼져버렸다.

미시마 유키오의 〈사드 후작부인〉은 샤틀레에서 이틀간 상연되었다. 지난해 일본에서 사후 40주년 기념 기획으로 연출했던 공연인데, 파리에서도 티켓이 잘 팔렸다.

나의 연출은 사드가 아니라 부인 르네가 투옥되었다는 설정이었다.

사드 부인 르네는 남편이 있는 감옥을 향해 탈옥하려 한다. 그것이 미시마의—그야말로 미시마스러운—역설인데, 지금은 대부분의 연출가가 그 기본적인 요점마저 놓치고 있다. 나는 누가 봐도 명백하게 부인을 투옥시키고, 그녀가 탈옥하고 싶어하는 쪽으로 이야기를 만들었다. 헌신이 곧 죄가 될 만큼 악한 남편과 함께 신에게 이르고자 열망한다는 것은 똑같다. 사드는 그렇기에 오히려 사바세계에서 자유를 구가하는 것이다.

무대미술은 현대 여자교도소를 본떴지만 르네에게는 매우 화려한 로코코풍 의상을 입혔다. 이를테면 연극 전체가 그녀의 『광인 일기』였다.

어머니 몽트뢰유 부인은 같은 감옥의 수인이면서 자신을 간수라고 확신하는 인물로, 관객으로 하여금 르네와의 모녀관계 자체가 실은 구금반응에 의한 두 사람의 망상이 아닌가 의심하게 만든다. '육욕'의 상징인 생퐁 부인은 교도소 면회자, '신'을 표현하는 시미안 부인은 위문객, '천진과 무절제'의 상징인 르네의 여동생 안은 다른 감옥의 수인, '민중'을 대표하는 하인 샤를로트는 교도소 잡역부로 설정했다.

료코에게는 주인공 사드 부인 역할을 맡겼다. 그밖의 배역도 성공리에 끝난 일본 공연 때와 같았는데, 연습을 거듭할수록 극은 서서히 음산한 양상을 띠어갔다.

우리는 도쿄 연습실에서 지진 재해를 겪었다. 석 달 뒤로 예정된 파리 공연은 취소되지 않았지만 가족이 재난을 당한 스태프 두 명이 일본에 남았고, 파리에 건너온 배우들의 표정도 처음부터 너무도 수인스러웠다.

나는 일본을 떠나기 앞서 극단 관계자 몇 사람과 함께 후쿠시마에서 이와테까지 재해 지역을 차로 돌아보았다. 료코도 함께였다.

쓰나미에 모조리 파괴되어버린, 거대한 정적이 지배하는 마을에서 다들 시종일관 말이 없었다. 자위대가 가까스로 만들어놓은 도로에 구경꾼들이 몰려들어 혼잡하다는 소문이 돌았지만 우리가 갔을 때는 한산했다. 시체는 보이지 않았으나 종잇조각처럼 구겨진 자동차와 모로 쓰러진 건물, 뒤엉킨 전선, 가옥의 잔해 등이 거의 손도 대지 못한 상태로 사방에 방치되어 있었다.

이따금 우리는 차에서 내려 한동안 걸었다. 옅은 구름에 여과된 듯한 빛이 부드럽게 쏟아져내렸다.

비상의 시간과 일상의 시간이 하나의 대지를 놓고 쟁탈전을 벌이며 소리 없이 치열한 투쟁을 이어갔다. —그러나 그 긴장은 오히려 도쿄로 돌아온 뒤에야 한층 무겁게 실감되었다.

나는 텔레비전에서 방사성폐기물 처리 문제를 두고 십만 년이라는 시간을 진지한 표정으로 논하는 사람들을 보면서 눈을 휘둥그레 떴다. 분명 숫자로는 기술할 수 있다. 그러나 대체 누가 그런 시간을 손안에서 다룰 수 있단 말인가?

한편, 지진 발생 시각이 앞뒤로 불과 몇 분만 차이가 났어도 누군가는 죽지 않고 살아남았을 테고, 반대로 누군가는 구조되지 못하고 죽었을 거라는 상상에 망연자실했다. 지진 자체는 예상된 일이었다. 하지만 왜 하필 그때였는가. 그것은 필경 제기된 채로 버려질 수밖에 없는 질문이었다.

파리에 오고 나서는 계속되는 여진에서 벗어난 덕에 정신적으로 해방된 시간이 적지 않았다.

배우들에게도 연극에 집중하라고 일렀고, 기분전환 삼아 함께 나가 식사를 하기도 했다. 그러나 연습실에 만들어진 어두운 교도소로 돌아오면 그녀들은 양심의 가책을 위로받는 듯한 안도감을 드러냈다. 무대 전면에 설치한 쇠창살을 어떻게 다룰지를 놓고 미술 스태프와 마지막까지 실랑이를 벌였다.

공연은 무참한 결과로 끝났다. 본래의 우아함 속의 긴박감 대신 긴박감 속의 우아함으로 끌어가려던 내 의도마저 빗나가는 바람에 관객의 하품은 나른하고 박수는 무거웠다.

나는 〈사드 후작부인〉을 배우가 고함치는 극으로 만드는 것이 구역질날 만큼 싫었다.

배우가 고함을 치는 것은 대사를 이해하지 못했을 때다. 인간은 뜻 모르는 말을 통째로 외워서 읊어보라고 하면 아무래도 말이 자꾸 빨라지기 마련이다. 그리고 그것을 들키지 않으려고 끔찍하게 단조로운 한 톤으로만 고함치게 된다. 감정에 북받쳐 절로 말이 나오는 척하면서.

그녀들은 분명 이해했을 것이다. 그런데도 이틀 동안 4회 공연 내내, 체면 불고하고 하나같이 고함에 고함으로 응수했다. 심지어 료코조차도.

질세라 소리 높이는 무대 위의 무수한 입은 존재에 뚫린 참혹한 열공裂孔이었다. 핏빛 같은 립스틱을 바른 그것들은 당장이라도 물어뜯을 기세로 지금도 나를 향해 열려 있다. 어느새 소리마저 잃어버린 채. ―내 잘못이었다. ……

공연 직후 세 곳의 매체와 인터뷰를 했는데, 가장 먼저 "훌륭했습니다!"라고 입을 연 사람은 아무도 없었고, 다들 머뭇거리듯이 레코더를 세팅한 후 일단 나의 연출 의도를 설명해줄 것을 요구했다.

마지막 인터뷰어는 연극 사이트에 리뷰를 올리고 있다는 극작가 지망생 대학생이었다. 내 희곡집을 읽은 적이 있고 일본어를 조금 할 줄 알았다. 녹음도 하지 않고 공책에 한 글자 한 구절 빠짐없이 내 말을 받아적었는데, 한차례 질문을 마치더니 반쯤 감상을 섞어 이런 분석을 입에 올렸다.

"당신은 르네에게 공감하고 그녀를 감옥에 가둠으로써 역설적으로 이 희곡의 사드 후작을 후쿠시마 원전의 메타포로 연출한 것은 아닙니까? 투옥된 사드의 위험한 사상은 격납용기 안의 방사성물질입니다. 한쪽에서는 대혁명, 한쪽에서는 대지진으로 그것들이 흘러나오고 맙니다. 그 영향은 눈에 보이지는 않지만 오랜 시간에 걸쳐 퍼지며 인간 내부에 축적되어갑니다. 전문가는 이 희곡의 등장인물들처럼, 주변부에서 각자 제 입맛에 맞춰 방사능의 사상을 논할 뿐이죠."

나는 통역이 채 끝나기도 전에 고개를 가로저었고, 곧바로 그런 의도는 털끝만큼도 없었다고 단호하게 부정했다. 그리고 이것이 기대에 어긋난 파리 공연의 비참한 결말이구나 하고 씁쓸히 받아들이며 "내가 사드를 긍정적으로 연출했음은 명백합니다. 그러나 때가 이렇다고 해서 뭐든 지진 재해와 연결시켜도 되는 건 아니죠"라는 말로 뒷맛이 개운치 않은 인터뷰를 끝냈다.

*

불법영업 택시의 운전기사는 틱장애인지 이따금 핸들을 고쳐 쥐고 한동안 손가락을 꼼지락거렸다. 나지막한 헤드레스트 앞에서 베레모가 신경질적으로 미동했다.

오후 시간대가 늘 그런지 도로는 한산했다. 공항을 출발해 한참 지났는데도 여전히 여우비가 내리고 있었다.

앞유리창으로 비쳐든 햇빛이 그 투명한 팔을 뻗으며 운전석 시트의 어깻죽지에 살며시 손을 얹었다.

불법영업 택시인데도 담배의 위해성을 주장하는 스티커가 한 장 붙어 있었다. 한 대 피울 때마다 수명이 연소된다는 식의 우의화寓意畫. ……

나는 옆에 앉아 있던 료코의 모습을 떠올린다. 어느새 선글라스를 벗고 눈을 감고 있었지만 잠든 기색은 아니었다.

흰색 셔츠 위로 얇은 가슴골을 비스듬히 가로지른 안전벨트. 단단하게 고정된, 살짝 기울어진 L자 자세.

처음 오디션에서 마주했을 때, 나는 료코가 그토록 돋보이는, 요컨대 다루기 어려운 육체를 어떻게 감당하는지 흥미가 일었다. 다른 참가자와 달리 그녀만은 페라리나 람보르기니의 핸들을 쥐고 있는 듯했다.

자동차와 마찬가지로 육체도 스무 살 안팎일 무렵에는 모두 초보자지만, 선택할 수 없다는 것이 큰 차이점이다.

그녀는 삼십대가 될 때까지 사고도 일으키지 않고, 딱히 눈에 띄는 상처도 내지 않고 그 육체를 제법 능숙하게 타왔다. 사람에 따라서는 그 사실을 우스꽝스럽게 느끼고 용납이 안 된다는 생각까지 할지 모르지만, 나는 오히려 그 곤란함을 헤아릴 수 있었다. 그녀인들 좀더 승차감 좋고 조신한 육체로 태어났더라면 인생이 훨씬 쉽지 않았겠는가. 소라게가 은둔하는 조개껍데기처럼 지금의 육체를 떠나 다른 육체로 갈아탈 수 있다면, 그녀는 지금까지의 고생은 과연 뭐였는가 의아해하며 그 권태로운 쾌감에 몹시 놀랄 것이다.

그녀의 육체적인 아름다움이 무대에서 제자리를 찾은 것 자체는 결코 잘못이 아니었다고 믿는다. 그러나 연기에 임할 때는 아마 다른 표현법이 필요했을 것이다. 그게 무엇인지 나는 끝내 알 수 없었지만.

파리의 그 '가스실 같은'—이라고 누군가가 비평했다—무대에서도 료코는 눈에 띄었다.

육체가 그토록 무시되는 희곡에서도 그녀의 순발력 있는 반짝임에는 관객들도 숨을 삼켰다. 그러나 그것은 이를테면 야생동물 무리를 놀라게 하는 인공조명 같은 것이었다.

이틀째 공연에는 먼저 여동생 역할인 안이 료코의 부추김을 받았고, 어머니 역할인 몽트뢰유 부인이 뒤를 따랐다. 이번 공연의 배우 중 가장 재능 있는 시미안 역할이 극의 고삐를 쥐고 이끌어가려 했지만, 애당초 도발적으로 설정된 등장인물이다보니 급기야 뒤죽박죽이 되어버렸다.

마지막에는 료코 본인이 저 자신을 잃어버렸다. 그 모습은 지진 재해지의 잔해 더미 한복판에 우두커니 서 있던 그녀와 겹쳐 보였다. 그녀는 고립무원 상태에서 객석의 정적과 대치하고 있었다. 그리고 급기야 누구보다 비통한 목소리로 부르짖고 말았다.

배우로서 료코의 장래에 내가 어두운 예감을 가졌던 것은 사실이다. 그것이 우리 관계 자체에 예상치 못한 그림자를 드리웠다 해도 될 것이다. 그러나 나는 오히려 그녀를 도저히 놔줄 수 없다는 느낌이 들었다. 이유는 그뿐이지만, 나는 아무래도 그녀를 사랑했다고 생각하고 싶다.

료코가 단 한 마디라도 내게 정나미 떨어지는 말을 했더라면, 나는 남은 인생을 전부 내버리면서 땅속까지 미친듯이 그녀를 쫓아갔으리라.

그러나 그녀는 절대 그런 말을 하지 않았다. 그녀는 또한 그런 인간이었다.

*

나도 모르게 힘이 잔뜩 들어가 있던 미간을 펴다가 결국 다시 실눈을 떴다. 도로의 반사광이 시야 밑바닥에 무수한 빛의 상처를 냈다.

정신 차려보니 차가 금방이라도 멈출 듯한 속도로 추월선을 달리고 있었다. 나는 추돌당하지 않을까 걱정스러워서 고개를 뒤로 돌려 왼편을 살펴보았다.

그런데 우리가 탄 차만 속도를 늦춘 것이 아니었다. 그 증거로 방금도 왼쪽 옆 차선의 차 한 대를 앞질렀다. 앞쪽은 딱히 막혀 있지 않다. 단속이라도 하나?

"기사님, ……"

그렇게 말을 건넴과 동시에 옆에서 안전벨트를 푸는 소리가 들렸다.

료코가 천천히 내 무릎 위로 올라타 마주보는 자세로 앉았다. 나는 말문이 막혔다. 그녀의 긴 다리가 걸쳐진 무릎 위에 벌써 온기가 퍼져갔다. 그녀는 흰 셔츠의 단추를 풀고, 브래지어를 끌어 올리고, 오른쪽 유방을 훤히 드러냈다. 그리고 나를 바라보았다.

마치 연극 같았다. 나는 반사적으로 수용하기 힘든 감정을 느끼며 험악한 눈빛을 띠었다.

그녀는 주눅들지 않고 내 머리를 힘껏 끌어안았다. 살이 뺨에 닿으며 열기가 퍼졌고, 열 시간 넘게 향수와 뒤엉킨 냄새가 숨 쉴 때마다 내 깊은 곳에 스며들며 번져갔다. 눈앞에는 점 두 개가 비스듬히 늘어서 있었다. 다른 어떤 미점보다도 그녀의 육체를 구분하는 가장 확실한 특징이 이런 것이라는 사실은 동일성의 아이러니였다.

도로의 이음새를 지날 때마다 무방비하게 드러난 료코의 유방이 출렁거렸다. 나는 애처로움을 견디다 못해 눈을 가리듯 손으로 살며시 그것을 덮었다.

"안전벨트 매주세요, 손님. 위험합니다."

운전기사의 목소리가 바늘구멍을 찾지 못한 실 끄트머리처럼 흐느적거렸다.

나는 료코의 등뒤로 팔을 돌려 가볍게 끌어안은 후 얼굴을 떼어내려 했다. 그러나 그녀는 저항했다.

또 한 대, 왼쪽 차선의 포르셰가 뒤로 물러났다. 나는 료코의 옆구리 사이로, 그 차의 핸들을 쥔 젊은 남자의 표정을 보았다. 경악했다기보다 오히려 공포에 사로잡힌 것 같았다.

나는 료코의 몸을 피해 운전석 계기판을 보았다.

미터기는 거의 160킬로미터를 가리키고 있었다. 백미러에는 운전기사의 왼눈만 비쳤는데, 나는 그 끔찍한 형상에 전율했다. 증오로 제정신을 잃은 남자의 얼굴이었다.

"위험해! 속도 낮춰!"

앞유리창은 흘러넘치는 비로 가득 메워져 있었다.

이런 호우가 쏟아지는데도, 태양빛은 점점 크게 부풀어오르며 정면에서 똑바로 육박해왔다.

료코가 내 뺨에 양손을 얹고 입술을 포갰다.

"안 돼, 내려가! 안전벨트!"

그녀의 몸을 떼어내려는 찰나, 앞유리창에서 붉은 후미등이 번쩍였다.

"……!"

추돌의 순간은 폭발과도 같았다. 앞으로 튕겨나간 몸이 안전벨트에 걸려 제자리로 돌아왔다. 목으로 격통이 스치고, 딱딱한 무언가에 얼굴을 부딪혀서 눈을 뜰 수가 없었다. 충격은 끊이지 않았고, 나는 상황을 완전히 놓쳐버렸다.

……몽롱한 의식 속에서 나는 물에 잠긴 도로를 올려다보았다. 유리창은 산산이 부서졌다. 아스팔트에서 빗방울이 튀고 있는데, 모두 핏빛이었다.

온몸에 통증이 느껴졌다. 차체가 전복되어 나는 거꾸로 뒤집힌 상태로 안전벨트에 매달려 있었다. 귀 밑에서 깨진 유리 소리가 났다.

피멍 든 얼굴을 무언가가 찌르고 있었다. 료코의 구두코였다.

나는 그제야 무슨 일이 일어났는지 이해했다. 색색깔의 볼펜들이 어지럽게 널려 있었다. 차의 앞면은 원형을 알아볼 수가 없었다.

료코는 발밖에 보이지 않았다. 제정신을 지킬 셈이었는지, 나는 얼굴에 흩어진 유릿조각을 떨쳐내며 이건 연극이 아니라고 생각했다.

2. 이변

"요시자키 씨! 요시자키 씨, 잠깐만요!"

"아, 네. 수고하셨습니다."

"아, 네, 할 때가 아니에요."

"왜요?"

"알면서 왜 이래요? 요다 씨 말이에요! 대체 뭐하자는 겁니까?"

신국립극장에서 십 년 만에 다시 올라가는 〈반작용〉 연습을 마친 후였다.

나는 화장실 세면대에서 세수를 하고 있었다. 그걸 모르는지 복도에서 제작부 프로듀서와 주연배우 매니저가 기묘한 말다툼을 하고 있었다.

잠시 후 수도꼭지를 잠갔지만, 밖으로 나갈 타이밍을 놓치고 말았다.

"저런 엉터리 연출로 연극이 제대로 될 리가 없잖아요?"

"그런가요?"

"시치미떼지 마세요! 의도가 뭡니까, 의도가? 그런 게 있다면 그나마 다행이죠. 똑같은 대사를 어제는 발음 연습이라도 시키려는 양 빨리 읽히는가 싶더니, 오늘은 또 무슨 말인지도 못 알아들을 만큼 천천히 읽히고, 대체 뭡니까?"

"요다 씨 나름의 생각이 있겠죠. 굴드의 바흐 같은 느낌이라든지, ……"

"뭐라고요? 요시자키 씨도 속으로는 그렇게 생각하지 않잖아요? —그나저나 요다 씨, 정말 괜찮은 겁니까? 영 이상하잖아요.

아니, 이건 걱정해서 하는 말이에요. 사고 후유증 아닙니까?"

"나도 그런 걱정을 했지만, 검사 결과는 아무렇지도 않았어요. 거짓말이 아니고요."

"그럼 우울증은요? 료코 씨가 죽었느니 힘들어하는 것도 무리가 아니죠. 다른 병원에도 가보는 게 좋겠어요. 절대로 정상이라고 할 수 없다고요!"

나에 대한 이야기였다. 그러나 무슨 말인지 통 알아들을 수가 없었다.

그들이 떠난 후에도 한동안 숨을 죽이고 거울 앞에 서 있었다. 턱끝에서 땀인지 뭔지 모를 물방울이 대롱거렸다. 나는 별다른 이유 없이 그것에 시선을 집중시켰다.

그 물방울은 떨어진 후 족히 삼 초는 걸려서 세면대에 부딪혔고, 튕겨오른 작은 물방울도 매우 천천히 사방으로 흩어졌다.

내가 내 몸에 일어난 이변을 처음으로 의식한 것은 그때였지 싶다. 그러나 단지 피곤해서 그런 것이라고만 생각했다.

사고가 난 지 두 달이 지났다. 나는 편타 손상에 갈비뼈 세 개 골절로 그동안 거의 집에 누워서 지냈다.

사망자 네 명, 중경상자 아홉 명을 낸 8중 추돌사고에서 나는 중상자로 분류되었다.

사고의 계기는 우리가 타고 있던 불법영업 택시가 정체로 멈춰 서 있던 앞차를 들이받은 것이었고, 네 명의 사망자 중 한 사람은 그 운전기사, 또 한 사람은 료코였다.

료코는 추돌 순간 내 팔에서 빠져나가 앞쪽으로 튕겨나간 모양이었다. 운전기사의 후두부에 머리를 부딪히고, 다시 앞유리창으로 날아가 짓눌렸다. 그후 핸들을 꺾은 뒤쪽 차량이 대각선 방향으로 부딪혀서 우리 차는 옆으로 넘어갔다. 나중에 차체를 보니, 내가 살아 있는 것이 신기할 정도였다.

경찰은 나에게 운전기사에 대해 물었고, 나는 기억에 따라 그가 갑자기 시속 160킬로미터로 폭주했다고 말했다. 그 속도는 현장검증 결과와도 합치했지만, 다만 나 자신이 느낀 것과는 다르다는 말도 했다. 그때 차는 분명 서행하고 있었다.

경찰은 운전기사가 뇌일혈 같은 것을 일으키지는 않았는지 몇 번이나 확인했다. 나는 백미러에 비친 핏발 선 그의 눈을 떠올리고, 의식을 잃은 건 아닌 듯하다고 말했다.

료코에 대해서도 질문을 받았다.

"어떤 상황이었나요? 왜 안전벨트를 매지 않았죠?"

"내 무릎 위에 앉아 있었습니다."

나는 목이 고정된 채 짧게 대답했다. 그 말이 오해를 불러일으킨 듯했다.

나보다 조금 어려 보이는 경찰은 경솔하게 터져나오려는 웃음을 애써 참았고, 그 반동인지 자업자득이라는 눈빛을 띠었다.

나는 그가 료코의 어리석음을 당연하다는 양 죽어 마땅하다고 판단한 것에 허를 찔린 기분이었다.

나는 반박하려 했다. 그러나 아마 아직 원숭이와 구별되지도 않던 시대부터, 어리석음 때문에 죽은 인간 개체는 헤아릴 수 없이 많았을 것이다.

료코는 죽고, 나는 살아남았다. —나는 염불처럼 그렇게 되풀이하고는, 게슈탈트 붕괴를 일으킨 말 앞에서 혼란에 빠졌다. 내내 그런 상태였다.

죽음을 간발의 차이로 면했다는, 지금껏 경험해본 적 없는 유의 흥분이 느껴졌다. 그것은 료코의 죽음으로 한층 강해졌다.

나는 슬퍼했다. 그러나 눈물을 흘리거나 울부짖지는 않았고, 그저 멍한 상태에서 세상에는 이런 슬픔도 있구나 생각할 따름이었다.

입원한 덕분에 나는 료코의 장례식에 참석하지 않을 수 있었다. 매니저가 눈치 빠르게 꽃과 부의금을 보냈지만, 유해가 가족의 품으로 돌아간 이상 나는 관여하고 싶지 않았다.

그러나 얼마 후 료코의 부모님과 언니의 방문—문병은 아니었다—을 받았다. 마지막 순간에 대해 경찰이 해준 설명만으로는 납득할 수 없었던 것이리라.

내가 할 수 있었던 말은 역시나 "무릎 위에 앉아 있었습니다"라는 것뿐이었다.

왜 그렇게 무뚝뚝하게 말해버렸는지 모르겠다. 후회스럽다.

료코의 가족은 내 말을 굴욕적으로 받아들인 듯했다. 처음에는 조금은 안쓰러운 기색으로 침대에 누운 나를 바라보던 눈길이 무슨 더러운 것이라도 보듯 변했다. 그녀의 가족은 그때 처음 보았는데, 료코가 유복한 가정에서 태어났으리라고 상상했던 대로였다.

그들은 이 참사를 나와 그녀가 가진 불행한 관계의 필연이라고 결론지었다. 그리고 내가 그 책임을 전혀 느끼지 않는 데 분개했다.

거의 내 '운'을 문제시하는 듯한 그런 비난에서는 기묘한 위안이 느껴졌다.

료코가 내 이해력이 미치지 않는 모노드라마의 한복판에서 죽었다는 생각이 들자 뱃속으로 차가운 뭔가가 번져가는 듯한 고독이 느껴졌다. 그러나 내게 책임의 일단이 있다고 본다면, 적어도 뭔가 할 수 있는 일이 있었다는 회오에 안주할 수 있었다.

마땅히 그렇게 생각해야 했다. 나와 만나지 않았더라면, 그녀는 그날 그 격돌에 휘말리지 않을 수 있었다. 나는 그 차에 탑승하기를 거절해야 했다. 최소한 탄 뒤에 대화를 했다면. 혹은 아예 좀더 일찍 헤어졌더라면, ……

나는 그중 두번째와 세번째에는 동의한다. 그러나 유족의 분노의 원천인 처음과 마지막 생각에는 바보 같다는 것을 넘어 모독적이라고 느꼈다.

나는 화를 내며 제법 난폭한 투로 돌아가라고 말했다. 그녀의 부모는 나에 대한 경멸을 더없이 부풀렸지만 언니는 조금 달랐다.

"이제 됐어, 이런 사람은."

그녀는 침을 뱉듯이 말했다. 료코와는 전혀 닮지 않은 못생긴 언니였지만, 연극 대사 같은 그 말은 뜻밖에 료코의 마지막 행동을 떠올리게 만들었다. 동생이 살아 있을 때도 자주 그런 충고를 했겠지.

료코는 자신에게 언니가 있다는 말을 한 번도 하지 않았다. 그 사실을 알았더라면 그녀를 좀더 이해해줄 수 있었을 듯한 기분이 들었다. 최소한 숨기고 싶어했다는 사실만이라도 알았더라면.

내 존재가 자매 사이에 불필요한 풍파를 일으켰으리라는 것은 쉽게 상상이 갔다.

불현듯 나는 파리 공연 당시, 료코가 맡은 역할인 르네가 가장 먼저 부추긴 사람이 동생 안이었음을 떠올렸다.

자매. —나는 동정했다.

3. 진행

신국립극장에서 두 사람의 대화를 우연히 들은 뒤 일주일 정도가 내가 가장 극심한 변화를 겪은 시기였다.

무슨 일이 일어난 걸까. 역시 설명하기는 쉽지 않다.

예를 들어 다음날, 나는 기분전환 삼아 시부야에 갔다.

아침부터 이상하게 몸이 무거웠지만, 당시에는 으레 모든 것을 편타 손상 후유증 탓으로 돌렸다.

하치 동상 쪽 출구로 나가서 스크램블 교차로의 신호를 기다리며 휴대전화 문자 한 통을 확인했다. 그리고 파란불로 바뀌어 얼굴을 든 순간, 어떤 이상한 세계에서 길을 잃고 헤매는 기분이 들었다.

사방에서 일제히 교차로를 향해 눈사태처럼 밀려드는 보행자들이 하나같이 무시무시한 속도로 걸어갔다. 테트리스 달인의 게임 화면을 엿보는 것처럼. ……

사람과 사람 사이에 생기는 길이 매순간 현기증 날 정도로 빠르게 바뀌고 열렸나 싶으면 닫혀버려서 도저히 그 속도를 따라갈 수가 없었다. 정면에서 사람들이 맹렬하게 육박해왔다. 뒤에서 밀려들었다. 그러나 어느 누구도 꼼짝 않고 서 있는 나와는 눈을 마주치지 않았고, 게다가 부딪히는 법도 없었다. 신호는 눈 깜짝할 사이 빨간불로 변했다.

나는 그곳에서 파란불을 여섯 번이나 넘겼다. 자동차들이 오가는 속도도 심상치 않았다.

일곱번째로 신호가 바뀌었을 때, 나는 큰맘 먹고 간신히 발을 내디뎠다. 그러자 조금 전까지의 광경이 거짓이었던 양, 사람들의 발걸음은 조금 빠르기는 해도 평소와 크게 다르지 않은 정도였다.

기묘한 일은 간헐적으로 이어졌다. 녹초가 되어 집으로 돌아와 에스프레소 한 잔을 내렸는데, 시간이 오 분 가까이 걸렸다.

처음에는 기계가 고장난 줄 알았다. 그러나 커피는 방울이 아니라 한 줄기 선으로 막힘없이 흘러내리고 있었다. 정지한 후 잔을 들여다봐도 평소와 같은 양이었고, 연하지도 않고 식지도 않았다.

다음날이었나, 그다음 날이었나, 싱크대에 쌓여 있는 식기를 설거지하다가 수도꼭지에서 느릿하게 흘러나오는 수돗물을 보고 기겁했다. 꼭 무슨 생물처럼 보였다. 둥그런 끄트머리가 배수구에 다다를 때까지 족히 십 초는 걸렸다. 손으로 가로막자 자잘한 물방울이 슬로모션으로 어지럽게 튀었다. 틀림없는 물이었다. 손을 거둬들이자 파열한 듯한 끄트머리가 한군데로 모이며 낙하를 재개했다.

그리고 또, ……집을 나와 17층에서 엘리베이터를 탔는데 분명히 닫혔던 문이 금세 다시 열리더니 어느새 1층에 도착해 있었다. 편의점 직원이 도저히 알아듣기 힘들 만큼 빠른 말로 젓가락이 필요한지, 도시락을 데울 건지 물었다. 지하철 문은 좀처럼 열리지 않고, 유리잔 속의 얼음은 순식간에 녹아 물이 되었다. ……

말도 안 되는 사례의 열거로 보이겠지만 나는 그 하나하나에 경악했다.

웬만한 지성이 있는 인간이라면 하지 않을 생각이지만, 처음에 나는 이 세계의 물리법칙에 대혼란이 온 것 같다는 느낌이었다.

지금까지 균질하고 일정한 템포였던 시간의 흐름에 갑자기 여기저기 착오가 생겨서 빨라졌다 느려졌다 한다. 지구의 자전이라는 거대한 하나의 시계가 무수히 분열되어 제각각 멋대로 움직이기 시작했다. ―연출가다운 망상이라고 해야 할까.

그런데 그렇다기에는, 이 현상에 놀라서 얼이 빠진 사람은 나 하나뿐이었다.

이렇게 생각하는 것이 그나마 나았다. 역시 사고의 후유증이 아닐까, 라고. 나는 병원 두 곳에서 이미 편타 손상이 회복되었다는 진단을 받았다. 상황을 설명하자, 의사는 애써 태연한 말투로 정신과 진료를 받아보라고 권했다.

어쨌든 다른 사람은 누구도 겪고 있지 않은 현상이라는 사실만은 알 수 있었다.

아침에 눈을 떠서 밤에 잠들 때까지 나는 누군가가 보고 있는 DVD 영상에라도 들어온 심정이었다. 갑자기 리모컨으로 빨리 감기를 하고, 겨우 원래 속도로 돌아왔나 싶으면 이번에는 슬로 모션으로 돌아갔다. 그래도 이 무렵에는 그나마 정상적인 시간이 더 길었다. 지금 돌이켜보면 그때 꼭 해뒀어야 할 일이 많았을 테지만. ……

나는 반드시 초침이 달린 손목시계를 차게 되었다. 혼란스러울 때는 그 초침의 움직임을 보며 내가 세는 일 초가 그보다 빠른지 느린지 확인했다.

시계가 없을 때는 손을 쥐었다 폈다 했다. 예상했던 속도인지 아닌지로 대략적인 시간의 흐름을 파악할 수 있었다. 옆에서 보면 틱장애 같았을 것이다.

괴로웠던 것은 바로 그 점이었다. 나의 육체는 의식이 아니라 세계에 속해 있었다. 테이블에서 천천히 굴러떨어지는 유리잔을 내 손은 제때 잡아내지 못했다. 그저 좇아갈 뿐이었다. 그리고 유리잔이 바닥에서 산산이 깨질 때가 되어서야 겨우 아무것도 없는 허공을 움켜쥐었다.

4. 분석

이렇게 생각해보기 바란다.

받은 메일의 답장을 쓰지 못하고 지나가는 이틀은 눈 깜짝할 새처럼 느껴진다. 그러나 보낸 메일의 답장을 기다리는 이틀은 길다.

나를 습격한 이 불가사의한 상황에 본질적인 신선함은 없었다. 말하자면 흔하디흔한 경험의 극단론이었다.

슈톡하우젠은 음악의 시간성에 대해 평생 치밀한 사색을 거듭해왔다.

나는 그의 〈콘탁테〉 초연 때의 일화를 좋아해서, 연극 상연 시간을 생각할 때 곧잘 떠올리곤 했다.

쾰른에서의 초연 당시 프로그램에서는 〈콘탁테〉에 앞서 약 삼십 분짜리 오케스트라 곡이 연주되었다. 저명한 음악가의 신작을 놓칠 수 없다며 몰려든 청중으로 홀은 여느 때보다 붐볐고, 통로와 벽 쪽까지 사람이 넘쳐흘러 '숨이 막힐 듯 후텁지근'했다. 그 때문에 청중은 당연히 〈콘탁테〉를 견디지 못했다. 연주가 끝난 후에는 "너무 길다"며 작곡가에 대한 불평이 쇄도했다고 한다.

〈콘탁테〉는 그후 초연 티켓을 구하지 못한 사람들을 위해 재연되었다. 이번에 작곡가는 서두의 오케스트라 곡을 잘라내고, 나아가 회장을 쾌적하게 환기하고 실내온도를 2도 내렸다. 그 결과 이 공연을 마친 후 "작품이 너무 길다"는 불평을 늘어놓은 사람은 단 한 명도 없었다.

내가 겪고 있는 현상은, 말하자면 그런 것일까?

소년 시절 나 자신의 발견.

나는 아버지의 명령으로 검도를 배우고 있었다. 훈련이 끔찍하게 고통스러워서 도장에서는 늘 시계만 바라보았다. 죽도에 얻어맞고 숨이 차서 쓰러지기만 했던 내게 한 시간 반의 훈련시간은 거의 영원처럼 길었다.

어느 날 나는 이런 생각을 했다. 이 고통의 시간이 지지부진하게 흐르는 까닭은 시계를 보는 빈도 탓이라고. 오 분에 한 번씩 죽어라 시계를 보면 당연히 아직 오 분밖에 지나지 않았다. 그러나 점심시간 운동장에서 뛰놀다 삼십 분에 한 번 시계를 보면, 당연히 어느새 삼십 분이 지나 있었던 것이다!

나는 이 발견을 한 날의 흥분을 기억하고 있다. 인생의 불가사의에 대해 어떤 합리적인 설명을 떠올릴 때마다 이루 말할 수 없이 기뻐지는 것이 유년 시절부터 내가 가진 기질이었다.

시간은 언제나 아직이거나, 딱이거나, 벌써거나, 셋 중 하나다.

시간을 과하게 의식하거나, 적절하게 의식하거나, 전혀 의식하지 않거나.

의식이 산만할 때는 느리고, 뭔가에 몰두할 때는 빠르다. ―내적인 시간 감각의 혼란을 나는 한동안 이렇듯 단순한 이치로 정리하려 했다.

5. 치욕

이런 상태에서 제대로 연극 연출을 할 수 있을 리 없었다. 그러나 〈반작용〉의 공연일이 코앞으로 다가와서 사실상 취소하기는 불가능했다.

고민 끝에 나는 이렇게 생각했다. 이것은 어쩌면 연출가로서 새로 갖추게 된 확대경 같은 비평 능력인지도 모른다. 배우의 동작이 느리게 보이면 그만큼 연기가 좋지 않다는 뜻이다. 반대로 빠를 때는 좋은 연기고. ……

나는 그런 조잡한 생각에 필사적으로 매달리며 매일 아무렇지 않은 얼굴로 연습실에 갔다. 곤경에 처한 인간은 뭉쳐진 휴지도 흰 장미꽃으로 착각할 만큼 특권적인 골계를 누리게 되는 법이다.

나는 스톱워치를 손에서 놓지 않았다. 그러나 설령 내 생각이 옳고 이런 기준으로 극의 좋고 나쁨을 판별할 수 있다 해도 뭐라고 지시를 내릴 수가 없었다. 오랫동안 이 일을 해오면서 처음으로, 연습장에서 무슨 일이 일어나고 있고 어떻게 해야 좋을지 전혀 파악이 되지 않는 초조감을 맛보았다. 배우들의 불신은 점점 깊어갔다.

본 공연을 이 주 앞두고 결정적인 사건이 발생했다.

2막 중 늙은 편집자의 회상 장면. 젊은 날의 그가 미시마를 설득하기 위해 윙거의 『평화』의 한 구절을 읽는 긴박한 장면이었다.

만년의 미시마가 마지막으로 저지를 '행동'을 예감한 그가 윙거가 극비로 일본을 방문한다는 소문을 듣고 두 사람의 대담을 기획한다는 것이 〈반작용〉의 설정이었다. 총동원체제하의 '노동자'에 의한 전쟁이 인간의 '근원적 힘'을 회복시킨다는 사상을 주장한 윙거는 2차세계대전 말기에 '1차세계대전 때의 물량전, 포격전보다 훨씬 끔찍한 경험'을 하고, 부임지였던 파리에서 『평화』라는 작품을 썼다. 나는 그 글에 반발심을 느끼면서도 감명받았다.

전직 편집자는 실제 전장을 겪지 못했다는 미시마의 콤플렉스를 돌파구 삼아, 윙거와의 대담이 그에게 사상적인 변화를 가져다주길 기대한다. 대담은 실현된다. 두 사람은 미와 정치, 내셔널리즘, 나치즘, 천황제, 국체, 형태(게슈탈트), 고통, 시간, 질서, 문체 등등 다양한 주제를 종횡으로 논한다. 논의에서는 시종 윙거가 우세하고, 미시마는 궁지에 몰린다. 심리적으로. 그런데 '독으로 독을 다스린다'는 이 도박은 결국 실패로 끝난다. 3막에서 미시마는 이 대담록의 공개를 엄금하고, 오히려 사상을 한층 과격화하고 만다. 전직 편집자는 그가 이치가야에서 할복자살하는 날 통한의 눈물을 흘린다. 물론 아이러니한 연출이다. ……

"작열하는 이음새로 비로소 지구를 하나로 봉합한 붉게 타오르는 전선의 배후에는 노동 군대의 음울하고 어두운 심연이 펼쳐졌다. ……"

나는 너무 빠르게 귀를 스쳐간 그 대사에 미간을 찌푸렸다. 요컨대 그만큼 좋은 연기라는 뜻일까? 나는 스톱워치를 확인하는 것을 깜박하고, 그런 얼뜬 생각에 잠겨 있었다.

지적하지 않고 그냥 바라보고 있자, 그 젊은 배우가 갑자기 연기를 멈췄다. 그리고 프로듀서에게 "이것 보세요!" 하고 조소적으로 호소하더니, 어안이 벙벙해진 다른 배우들을 거들떠보지도 않고 연습장에서 나가버렸다.

무슨 일이 벌어졌는지 이해할 수 없었다. 그러나 나의 다음 반응을 기다리는 배우와 스태프의 눈빛을 보고 간신히 사태를 파악했다.

그 남자배우는 나를 시험할 요량으로 일부러 대사를 빨리 읽은 것이었다. 그리고 그에 대해 아무 지적이 없던 나의 정신 상태에 오만하게 일종의 진단을 내린 것이다.

그날 프로듀서는 나를 무대에서 강판시킬 의지를 밝혔다. 이후의 연출은 기본적으로 조연출에게 맡기고 나는 참견하지 말라는 조건이었다. 나는 그 조건을 받아들였다. 남은 시간을 고려하면 이제 와서 대역을 찾기란 불가능했다.

내 평생 가장 굴욕적인 처사였다.

나는 난생처음 한 인간의 죽음을 기원했다. 저주라는 것이 어떤 심리인지 이해할 수 있었고, 비열하게 일그러진 그 청년의 입매를 떠올릴 때마다 분노의 발작에 사로잡혀 괴로워했다.

그야말로 어리석음 때문에 죽어 마땅한 인간이지 않은가?

6. 나락

〈사드 후작부인〉의 파리 공연 실패에 이어 신국립극장 〈반작용〉의 기대에 못 미치는 완성도. 그나마 인정이 있는 몇몇 사람은 나를 비방하는 대신 걱정했다. 공연 직후 장기 휴양에 들어갔기 때문에 나는 건강이 좋지 못한 것으로 알려졌다.

내 시간이 흐르는 속도의 진폭은 점점 극단적이 되었고, 아마 공연 직후가 절정이었지 싶다.

당시 나는 만 하루를 고작 한 시간 정도로 체감했다. 그때 기억은 지금도 선명하다.

나는 창가에 앉아 멍하니 밖을 내다보고 있었다.

맑고 아름다운 가을날이었고, 파란 하늘에서 구름이 물고기 떼처럼 꼬리를 물고 서쪽에서 동쪽으로 흘러갔다. 구름은 군데군데 나부끼고 조각조각 찢기며 형태를 바꿨고, 그럴 때마다 거리는 밝아졌다 어두워졌으며, 태양은 저녁놀을 호화찬란하게 발산하며 혜성처럼 저물었다.

나는 먹지도 마시지도 않았다. 화장실에 두 번 들른 것이 전부였다. 요의는 통증으로 바뀌어 방광을 급습했다. 공복감에 몸 한가운데 구멍이 뚫린 것처럼 자세가 앞으로 구부러졌다.

어두워지자 별들이 거대한 금고의 다이얼처럼 회전하며 다음날 아침 해를 불러들였다.

나는 원래 곧잘 우울해지는 편이지만, 그 장엄한 지구 자전을 체험하면서는 흥분했다. 그리고 그런 속도로 흘러가는 세월을 상상하며 넋을 잃었다.

그후로 내 주위의 시간은 계속 느려지기만 했다.

경솔하게도, 처음에 나는 그것을 차도의 징후로 판단하고 기뻐하기까지 했다.

양극단으로 시간이 빨라졌다 느려졌다 하는 것은 어쨌거나 몸에 해로웠다. 나는 기진맥진했고, 특히 빨리 돌아가는 세계에서는 무엇을 하든 극도의 긴장이 필요했다. 신경이 몹시 쇠약해져 차라리 시간이 느려지더라도 그 상태로 안정된다면 상관없다는 생각까지 들었다.

그러나 마냥 느려지기만 하는 것은 말할 필요도 없이 악화였다. 그리고 어디선가 선을 넘어버렸는지, 진행은 멈출 기미를 보이지 않았다.

매일 두려움에 떨며 벽시계의 초침을 바라보았다. 움직임이 눈에 띄게 느렸다. 내 머리가 이제 일 초이지 않을까 판단해도 바늘은 다음 눈금에 닿지 않았다.

건강 자체는 나쁘지 않았지만, 생각대로 움직일 수 없는 탓에 온종일 애가 탔다.

의식이 완전히 시간에 사로잡혀버렸다. 나의 소박한 논리로는 그러면 시간이 점점 길게 느껴지기만 할 터였다. 실제로 무슨 일을 해도 필연적으로 불쾌감이 엄습했고, 싫든 좋든 다시 시간에 대한 생각으로 이끌려가고 말았다.

가려움을 느껴도 손이 닿을 때까지 시간이 걸렸다. 음식을 입에 넣어도 씹어 삼킬 때까지 한 고생을 해야 하니 전혀 맛이 없었다. 소변 한 번 보는 시간이 빈혈을 일으킬 정도로 길었고, 그런 스스로를 비웃을 기분조차 들지 않았다.

불안정한 자세를 취하는 운동은 위험하니, 도중에 절대 쓸데없는 생각을 하면 안 되었다.

욕조에 들어가다가도 몇 번이나 균형을 잃고 넘어졌는지 모른다. 욕조로 넘어가는 발의 궤도를 의식한 순간, 내 상체는 이미 기울기 시작했다. 계단을 헛디뎌 미끄러진 것도 한두 번이 아니었다.

침대에서 일어나 방밖으로 나오는 데만 한 시간이 걸린 것처럼 느껴졌을 무렵, 내 정신도 한계에 다다랐다. 어떻게든 멈춰야겠다 싶어 갖은 수단을 강구했다.

나는 뇌일혈 등으로 몸이 마비된 환자처럼 아류 재활치료를 시작했다. 최대한 가만있지 않고 걸으려고 노력했고, 스트레칭을 하거나 덤벨을 들어보기도 했다.

책상 위에 물건을 늘어놓고 빨리 집는 연습도 했다. 그러나 성과는 없었다. 물속에서 손을 움직이는 듯 묵직한 저항감이라도 느껴지면 그나마 다행인데, 나는 그저 느리게 움직일 뿐이었다. 그쯤 되니 있지도 않은 벽을 발로 차는 기분이라 무엇에 저항해야 하는지 대상도 불분명했다.

실제로 물체에 닿을 때까지의 시간을 시계로 재보면 일 초도 걸리지 않았다. 인간의 운동능력의 한계를 볼 때 그 이상 빨리 움직일 수 없다는 건 명백했다.

육체적인 단련에 의미가 없다는 것은 사실 처음부터 알고 있었다. 그러나 나는 오히려 육체가 바깥세계와 같은 시간에 속해 있다는 사실에 승부를 걸었다. 그것을 지렛대 삼아 바깥세계 자체를 변화시킬 수 있을지도 모른다고.

*

귀찮다는 감각이 내 행동 판단의 유일한 기준이었다. 이 개념에는 철학적인 탐구의 여지가 있다.

다른 사람을 만나 긴 대화를 하기는 실질적으로 불가능했고, 편의점에서 한두 마디만 주고받아도 몸에 불이 붙은 듯 조바심이 느껴졌다.

놀랍게도 조금 긴 문장을 내뱉거나 혹은 들으려 하면 나의 단기 기억이 유지되지 않았다. 문장 중간쯤에 다다를 무렵이면 어디서부터 출발했는지 시작 부분을 잊어버리고, 무슨 말을 할 생각이었는지 끝부분도 잃고 말았다. 그 새하얀 공백은 불현듯 지진 재해지의 침묵에 대한 기억과 연결되곤 했다.

상태가 최악에 이르기 직전, 나는 매니저에게 연락해 들어오는 일을 전부 거절하라고 시키고 그에게도 휴가를 주었다. 불필요한 대화를 하지 않으려면 언짢은 표정을 짓는 게 최고다. 큰 고생을 시킨 셈이지만 원래 내 연극의 신봉자였던 그는 성가신 일들을 전부 정리해주었고, 매우 걱정하며 한 달에 한 번은 꼭 내 상태를 확인하러 와주었다. 내가 가까스로 살아남을 수 있었던 것은 그가 가끔씩 대량으로 사다준 식재료 덕분이었다. 그런 때도 직접 만나지는 않았지만.

*

개개인의 인간은 저 나름의 템포로 살아간다. 그것은 자명하다. 그리고 그 템포는 늘 흔들린다. 그것 또한 자명하다.

그렇기 때문에 사회는 커뮤니케이션을 위해 시계를 공유하며, 이따금 시각으로 동기同期해야 한다. 세계 지속의 동일성을 담보하기 위해. 그럼으로써 그럭저럭 유지된다는 것은, 그 시간 감각의 개체차가 결국 그리 크지 않다는 소극적인 이유에 지나지 않는다.

그런데 내 경우는 그 차이가 걷잡을 수 없이 확대되어버리고 만 것이다.

과연 인간들 사이에는 공통시간tempus communis이라는 것이 존재할까?

예를 들어 우리 사이에 이 세계를 매개로 둔 상황에서는, 어차피 화자가 느끼는 말의 속도와 청자가 느끼는 말의 속도가 일치하지 않는다. 그런데 우리는 이 둘 사이에 마치 아무 차이도 없는 양 취급하고 있다. 스트레스 요인으로 이 문제를 진지하게 고찰해본 인간이 있을까.

겨울이 깊어질 무렵, 나는 한 시간을 한나절처럼, 하루를 일주일처럼 살았다.

아침에 눈을 뜨면 지금이 몇월 며칠인지 전혀 파악되지 않았고, 다시 잠자리에 들 때까지 과연 몇 시간 정도를—체감적으로는 며칠 정도를—지내야 하는지조차 알 수 없었다.

조감해보면 일종의 신비 체험과도 비슷한 듯하지만, 내 경우에는 황홀함이 없고 다만 고뇌만 한없이 이어질 따름이었다. 아무리 생각해도 신의 나라보다 지옥에 가까웠다.

하루가 일주일이라고 치면 한 달은 삼십 주, 요컨대 일곱 달 정도다. 나는 가을의 끝자락에서 그렇게 계산했다. 이대로 가면 한 달이 일 년, 일 년이 수십 년이 되는 것도 시간문제라고. 그리고 이윽고 새해가 밝을 무렵 나를 둘러싼 감각은 실제로 그 예측과 별반 다르지 않았다.

*

영원히 사는 상상을 수없이 했다.

그러나 반대로 이런 생각도 했다. 내 주위에서는 엄청나게 느린 시간이 흐르고 있다. 뒤집어 생각하면, 실은 내 의식의 시계가 맹렬한 속도로 돌아가고 있는 게 아닐까.

나는 컵이 손안에서 미끄러져 바닥에 떨어져서 깨지는 사이에 시 한 편을 쓸 수 있는 인간이며, 십 년에 백년 분의 희곡을 구상할 수 있는 인간이었다. 재능이 무궁무진하다면.

사색이라는 의미에서 내가 처한 곤경에는 분명 은총이라 할 만한 빛이 있었다. 그러나 현실에서 내 사색은 거의 출발점 주위를 방황하는 정도로만 머물렀다.

무엇보다, 글을 쓰거나 컴퓨터를 다루는 작업을 견뎌낼 수가 없었다.

나는 모든 것을 기억하면서 생각하고, 그 결과도 전부 기억할 필요가 있었다. 같은 이유로 가장 안타깝게 느낀 것은 책을 읽을 수 없게 되었다는 것이다.

나는 시간의 대해를 건너는 배에서 해구 밑바닥으로 던져진 동전 한 닢과도 같았다. 서서히 반사하는 빛을 잃어가고, 오로지 천천히 가라앉을 뿐이다. ……

제아무리 사색을 사랑한다 해도 그것을 전할 상대가 없으면 허무하다. 고독을 '고향'이라고 했던 니체의 차라투스트라마저 결국에는 동굴을 떠나니까.

차라리 출가라도 하는 것이 내게 가장 좋은 길이었는지도 모른다. 그러나 나는 종교적인 인간이 아니었다. 원래부터 '인간 혐오자'라는 험담을 들을 만큼 고독을 사랑했었다. 그러나 이제는 인간이 그리워서 견딜 수가 없다. 동시에 시간에서 자유롭고 활발한 인간들이 부러웠고, 그런 모습을 보기 싫어서 더더욱 집 안에 틀어박히게 되었다.

왜 나만 이런 건지 당연히 고뇌해야 했겠지만, 의외로 그런 의문은 오래가지 않았다. 나는 자기 몸에 닥친 부조리를 이상하게 여기지 않고 원인을 찾으려고도 하지 않는 카프카 소설 속 주인공들을 늘 기괴하게 생각했는데, 그 심경을 비로소 이해할 수 있을 듯한 기분이었다.

인간의 몸은 지구 자전을 내재화하여 이십사 시간이라는 주

기성을 지닌 체내시계를 갖추기에 이르렀다. 그것이 현시점에서 가능한 과학적 추측이다.

만약 나의 체내시계에 이상이 일어나 세포분열이 극도로 빨라진 것이라면, 하루가 일주일이라는 얘기는 다시 말해 나는 단 하루 만에 일주일분의 노화를 이룬다는 의미다. 일 년에 십여 년분을 산다면 내 수명은 아이들이 갖고 노는 폭죽처럼 눈 깜짝할 새 끝나버리리라.

내 일상에서 흐르는 시간은 너무 오래 씹어 단맛이 다 빠져버린 추잉검처럼 한없이 늘어졌다. 그리고 어딘가에서 갑자기, 불어닥친 바람을 맞은 것처럼 툭 끊어져버릴 것이었다.

나의 심장. 그 박동 하나하나 사이에 들어앉은, 인기척 없는 한밤의 숲과 같은 정적.

나는 다음 박동이 서광처럼 눈부시게 울리기를 기다린다. — 그렇다, 기다림이란 본질적으로 이런 것이었다. 이대로 가슴속의 밤이 밝아오지 않는다면, 내 세계는 두 번 다시 빛을 받을 수 없다.

7. 재회

그날 왜 밖에 나갈 생각이 들었는지는 알 수 없다. 망각은 빚쟁이처럼 집요하게 나를 쫓아다닌다. 내 기억은 그 눈을 피해 수중에 남겨둔 몇 푼 안 되는 재산이다.

봄이 되어 날이 조금 따뜻해졌다.

나는 창가에 떨어진 햇빛 속에 몸을 구겨넣고 맨션 아래를 내려다보고 있었다. 계좌 잔고가 바닥났는지 전기도 가스도 끊겼다. 나는 냉동고 안에서 해동된 곰팡내 나는 식빵을 씹으며 가까스로 허기를 달래고 있었다.

이제는 시계의 일 초가 지금 나에게 어느 정도로 느껴지는지 신경쓰지도 않았기 때문에 이때의 감각을 설명하기는 어렵다. 아마 한 시간을 이틀 정도로 보내지 않았을까. 일 초가 일 분, 일 분이 한 시간쯤. ……알 수 없다. 나는 초침이 새기는 일 초의 감각은 잃어버렸지만, 사색에 기대어 간신히 시간 감각을 유지하고는 있었다.

"이 긴 세월, 나는 고군분투, 홀로 싸워야만 했어!"

테네시 윌리엄스의 『유리 동물원』. 십대 무렵 내가 처음 연출했던 희곡. 어맨다의 이 대사가 내 뇌리를 스쳐가는 시간은 오초였다. 그 대사는 이렇게 이어진다.

"그렇지만 지금은 든든한 내 편이 있어, 바로 네가!"

충분히 배려된 연기라면, 다 합해서 십 초다.

상태는 전혀 개선되지 않았지만, 한때처럼 급격하게 진행되지도 않았다.

눈 아래에서 자동차가 무슨 벌레처럼 느릿느릿 달리고 있었다. 기어간다는 느낌에 가까울까. 그 모습을 보며 곧 료코의 일주기가 다가오는구나 생각했다. 그 사건이 일어난 지 일 년. 평온한 일상을 살아가는 이에게는 대수롭지 않게, 순조롭게 지나갔을 일 년. ……

료코는 죽고, 나는 이 모양이 되었다. 가슴속으로 수없이 되뇌었다.

밖에라도 나가볼 생각이 든 것은 아마 그 때문이었을 것이다.

나는 집 근처 공원까지 걸어갔다. 한나절이 걸리는 먼길을 떠날 각오를 하고서.

아이를 데리고 나온 가족이 보였다. 주말이었다.

줄넘기를 하는 두 여자아이. 달 위에서 점프하는 것처럼 경쾌하다. 나는 그 줄이 한 바퀴 돌아가는 모습에서 시계를 느꼈다. 어려움 없이 그것을 뛰어넘을 수 있는 아이들을 마음속으로 축복했다.

나는 벌써 꽃잎을 떨구기 시작한 벚나무 아래 벤치에 드러누웠다. 위아래 운동복 차림에 샌들을 신고, 베이지색 트렌치코트를 걸치고 있었다. 목욕도 하지 않고 머리와 수염도 자라는 대로 내버려뒀으니 아마 노숙자로 보였을 것이다. 실제로도 머지않아 그렇게 될 테지.

나는 꽃구경에 흥미가 없었다. 벚꽃을 한 번도 보지 않고 봄을 보낸 적이 셀 수 없이 많다. 그러나 집에서 아래를 내려다봤을 때 내 마음을 사로잡은 것은 딱 하나 놓여 있는 이 벤치였다.

바람결에 휘날려 무수한 꽃잎이 일제히 떨어졌다. 가지에는 금방이라도 새싹이 움틀 기미가 엿보였다.

꽃잎은 허공에 정지한 듯 보였지만, 유심히 쳐다보니 아주 조금씩 꾸준히 떨어지고 있었다.

나는 조금 실망했다. 필시 장엄한 광경이리라 기대했는데, 파란 하늘이 비쳐 보이는 꽃잎은 눈처럼 추레했다. 그래도 십 년 가깝게 느껴졌던 나의 기나긴 일 년 동안 이때만큼 마음이 평온해진 적은 없었다.

아마 내가 보통 시간으로의 복귀를 완전히 포기했기 때문이리라.

나는 나름의 방식으로 료코라는 인간을 새롭게 이해해가고 있었다.

범용한 사상은 인간의 유일성에 대한 동경을 부추기고, 교환 가능성에 히스테릭하게 저항한다. 그러나 실은 사랑이란 누구라도 상관없었다는 교환 가능성에만 열려 있는 신비가 아닐까?

가장 거리가 먼 행위 같지만, 연기에도 사랑처럼 그런 면이 있다.

나는 지나치게 특수하다. 분명 료코도 지나치게 특수했을 것이다.

기억의 아득한 저편에서 료코는 벌써 어렴풋해졌다. 그러나 기일이 다가오며 나는 그 어렴풋한 모습에 다가가는 기분이 들었다.

앞으로도 계속 이 템포로 살아갈 수 있다면 그것도 괜찮겠다 싶었다. 이대로 일정하게 고요한 체념을 지니고 죽을 수 있다면 그래도 상관없다고 생각했다. 다만 이 세계가 완전히 정지하고 나서도 내 의식이 계속되는 것은 두려웠다. 몸은 움직이지 않을 것이다. 그대로라고 한다면. ……

나는 코끝 1미터쯤 앞에서 떨어지고 있는 꽃잎 한 장을 바라보았다. 살며시 나부끼며 내 쪽으로 떨어져내렸다. 연분홍색으로 보였다.

꽃잎은 하늘거릴 때마다 그 속도를 미묘하게 바꾸었다. 나는 입을 열었다. 그 꽃잎을 먹으면 원래대로 돌아갈 수 있을지도 모른다는 실없는 생각이 들었다.

기다림은 곧 지금의 내 삶이었지만, 그래도 영 긴 시간이었다. 꽃잎은 살짝 옆으로 빗나가긴 했지만 정말로 내 입에 떨어졌다. 나는 오랜만에 미소를 머금었고, 기적의 도래를 예감하며 온몸에 소름이 돋았다. 꽃잎이 입안으로 사라지며 혀에 와닿는 섬세한 감각에 온 신경을 집중했다.

그것을 삼킨 후, 나는 흥분을 억제하지 못하고 머리 위로 시선을 던졌다.

꽃잎의 낙하는 여전히 느릿하기만 했다.

나는 낙담해 눈을 감았다. 이 세계를 보지 않으면 그저 내 시간의 흐름에 맞춰 고요하게 살아갈 수 있다. 눈꺼풀이 미처 차단하지 못한 하늘의 빛만 느끼면서. 료코에 대한 기억의 조각에서는 정상적인 시간이 흘러갔다. 그것과 하나가 되면 된다. 하나로 녹아들면.

"뭐하세요, 이런 데서?"

누군가가 말을 걸어서 눈을 떴다. 그 목소리가 보통 속도로 들리는 느낌이라 놀랐다.

정장을 입은 여자가 내 얼굴을 들여다보고 있었다. 누구인지 처음에는 몰라봤다.

"료코 언니예요. 미치에. 잊어버리셨어요?"

그 말도 보통 속도로 들렸다. 그래서 나는 꿈이라고 생각했다. 벤치에서 그대로 잠이 들어버린 것이다.

"물론 기억합니다."

그러나 나는 이렇게만 대답하는 데도 몹시 힘들었다. 꿈이라면 그럴 리 없었다. 그래도 오랜만에 다른 사람과 얘기를 나누니 상태가 조금은 나아진 것처럼 느껴졌다.

료코의 언니는 내 모습을 이상하게 여겼을 것이다. 나는 나를 일으켜달라고 부탁했다. 지저분한 행색이었지만 그녀는 도와주었고, 그 자리에서 일방적으로 할말을 쏟아놓았다.

그녀의 이야기는 여러 의미에서 흥미로웠다. 우선 나에 관한 소문. '우울증'으로 여길 것이라는 상상은 들어맞았지만, '폐인'이라는 고풍스러운 표현에는 마음이 동요했다. 아직도 그렇게 내 소문을 내주는 사람이 있나 싶어 기쁘기까지 했다. 그리고 세간에서는 고작 일 년밖에 지나지 않았음을 새삼 의식했다.

그러나 그녀가 나를 찾아온 이유는 좀더 이상야릇했다. 내게 '료코의 혼이 씌었다'는 얘기를 들었다는 것이다.

아무래도 그 말에는 웃음이 나오고 말았다. 표정도 뒤따라 변하지 않았을까. 그녀의 얘기는 비교적 알아듣기 편했는데, 아마 흥분해서 말이 빨라졌기 때문일 것이다. 나는 그녀의 몸짓에서 그런 말투를 미루어 짐작했고, 내게는 '편리한' 그 상황을 우스꽝스럽게 느꼈다.

정말로 그런 소문이 났을까? 지금까지 이런 얘기를 해준 것은 그녀뿐인데.

그녀는 이어서 내가 죽은 동생의 몫까지 최선을 다해 살아야 한다, 그것이 동생을 기리는 최선의 길이라고 옆에 앉아 열심히 타일렀다. 그리고 지난번에는 말을 그렇게 해서 미안했지만, 원래도 동생은 절대 행복하게 죽지 못할 거라 생각했다며 난데없이 료코 얘기를 꺼냈다. 예쁜 얼굴 때문에 주위에서 너무 오냐오냐 치켜세웠다느니, 확고한 자아가 없었다느니, 그래서 자신이 없는 탓에 툭하면 불안해했고, 늘 남에게 기대기만 했다느니, ……

당연히 나는 중간에 집중력을 잃었다. 그 얄팍한 분석은 정곡을 찌른 느낌이 없었으나 왠지 모르게 이야기를 듣자니 료코의 모습이 생생하게 떠올랐다. 신기한 작용이었다.

그리고 첫 만남에서 받은 인상대로 료코와 완전히 정반대인 듯하면서도, 그녀는 어딘가 료코와 닮은 구석이 있었다. 내가 그 느낌을 솔직하게 밝히자 그녀는 정색하고 부정했다. 자기는 료코처럼 미모를 타고나지 않아서 그만큼 내면적인 아름다움을 추구하며 살아왔으며, 사람과의 인연을 소중하게 여겨왔고, 동생도 사실은 그래주길 바랐다느니 어쨌다느니.

나는 그 말을 곧이듣지 않고 한발 나아가 넘겨짚기로 했다. 무슨 말을 하려는지, 아니, 왜 나에게 이런 호소를 하는 것인지.

나는 유전자 발현의 아이러니에 대해 생각했다. 그러나 그 자매의 육체가 뒤바뀌었다면 미치에도 분명 료코 같은 여자가 됐을 것이다. 나로서는 료코가 이렇게 됐을 거라는 생각은 하고 싶지 않았지만.

어쨌거나 나는 미치에의 정성스러운 보살핌에 차츰 마음이 끌렸다. 이것은 내가 이 상황에서 벗어날 수 있는 마지막 기회일지도 모른다. 나는 큰맘 먹고 "도와주십시오"라고 말했다. 그녀는 당황한 듯했지만, 내 얘기를 듣기도 전에 손을 붙잡고 말했다.

"난 당신을 내버려둘 수 없어요. 당신은 내 동생 몫까지 살아줘야 하니까."

내가 내 신변에 일어난 일을 설명한 것은 그뒤였던 것 같다. 그러는 동안에도 그녀는 줄곧 내 손을 잡고 있었으니까.

8. 기일

미치에는 내 모든 생활을 지배하게 되었다. 맨션에 전기와 가스가 다시 들어왔고, 쓰레기투성이로 어질러진 집안은 청소되고 정리되었다. 식사는 물론이고 목욕에서 면도까지 뭐든 다 해주었다. 매일같이 우리집을 오가다가 마침내 같이 살게 되었다.

그녀는 곧이어 특수한 구술필기 담당자가 되었다. 내가 한두 마디를 하면 그녀는 워드프로세서의 자동완성 기능처럼 잇달아 다음 말을 대신해준다. "내일, 시부야……"라고 하면 "내일, 시부야 분카무라 서점 가고 싶어? 아니야? 사진집이라도 사올까? 화집? 비론에서 샌드위치 사올까? 맞아?" 하는 식으로.

대단히 큰 도움이 되었다.

그후로 료코 이야기를 한 건 딱 한 번이었다.

그녀의 일주년 기일, 나는 나리타 공항에 데려가달라고 미치에에게 부탁했다. 오전에 도쿄에서 제사를 치렀지만 그곳에는 참석하지 않고, 오후에 우에노에서 게이세이 스카이라이너를 탔다.

나의 시간 감각은 개선의 조짐을 보이고 있었다. 미치에의 존재 덕분이었다. 나리타 공항까지 가는 사십 분 남짓이 한나절 정도로 느껴졌다. 나는 예상보다 빠르게 흘러가는 차창 풍경에 마음이 설렜다. 또 전철을 타고 싶다는 생각이 들었다.

공항 1터미널 도착 로비에서 나는 오랫동안 밖을 내다보았다.

그날, 신비로운 수수께끼 그림처럼 내 앞에 내밀어진 여우비 풍경.

그 빗줄기는 섬뜩할 정도로 느렸다. 내게는 보였던 것이다. 그러나 그 징후는 도저히 알아챌 수 없었다.

핀란드에서 비행기가 도착해, 사람들이 수하물 찾는 곳에서 여행가방을 밀며 쏟아져나왔다.

얼마 후 인파 속에서 한 남자가 우리에게 다가왔다.

“시내까지 만오천 엔에 어때요? 두 분이니까 한 사람당 칠천오백 엔. 보통 이만 엔은 받아요.”

나는 현기증을 느끼며 남자를 머리끝에서 발끝까지 훑어보았다. 이번에는 젊은 사신死神이었다.

"……차는?"

"프리우스예요."

게다가 환경문제나 연비에 관심이 있는 사신인 듯했다.

고속도로를 달리기 시작하며, 나는 머나먼 옛 기억으로 되돌아가려 했다.

〈사드 후작부인〉 파리 공연의 실패. 그리운 추억이었다. 그때 무대 위 처참한 감옥에서 홀로 뛰쳐나간 료코. ……

미치에는 쉴새없이 뭐라고 내게 말을 걸었다. 나는 료코의 침묵을 사랑했다. 그리고 무릎 위에 그녀 육체의 무게를 되살리려 했다. 청바지 너머로 전해지는 부드러운 허벅지의 열기. 향수와 뒤엉킨 살냄새. 내가 사랑했던 가슴. 미치에의 몸에는 없는 두 개의 점. 내 머리를 꽉 끌어안던 팔의 힘. ……

눈물을 글썽이며 기억을 붙잡으려는 나를 미치에는 애처로워하는 동시에 멸시하는 듯한 눈길로 바라보았다.

여우비 속에서 백발의 베레모 남자에게 진에*가 씌었다. 차가 폭주한다. 료코의 입술이 영원처럼 긴 시간을 거쳐 내게 다가온다. 도중에 그녀는 어렴풋하게 고개를 저었다.

나는 긴 시간의 여로 끝에서, 비로소 그 사실을 깨달았다.

*　*　*

오노는 정리한 원고를 T와 요다 부인에게 보냈다. 부인이 T를 통해 다시 만나자고 청해와서 지난번과 같은 니시신주쿠 호텔, 이번에는 레스토랑이 아닌 로비의 카페로 약속을 잡았다.

그는 T에게 따로 연락해 약속시간 한 시간 전에 먼저 와달라고 전했다. 미리 해두고 싶은 얘기가 있었다. T도 그럴 생각이었던 모양이다.

"……어떠셨어요?"

"정말 고맙습니다. 의도를 잘 파악해주셨어요." T가 양손을 테이블에 얹었다.

"누구의 의도 말이죠?"

"요다 씨와 부인, 양쪽 다요. 그리고 저의 의도도."

오노는 미간에 주름을 잡고 한동안 입을 다물었다.

"전 솔직히 지금도 잘 모르겠습니다. 특히 '7'과 '8'에 난데없

---

* 瞋恚, 불교 10악의 하나. 제 뜻에 거역하는 자를 미워하고 성내는 것.

이 부인이 등장하는 부분부터요. '특수한 구술필기 담당자'라는 표현 있잖아요? ……아, 네, 거기예요. 사실 이 이야기 자체가 그런 식으로 받아적은 기록이잖습니까?"

"상당 부분은 오노 씨가 뉘앙스를 더해 보충해주셨잖아요. 요다 씨의 진의가 전해지기 충분할 거예요."

"아니, 그 진의가 대체 뭡니까? 그러니까, ―이건 요다 씨가 보내는 SOS인가요? 그 부인의 '지배'에서 벗어나고 싶다는, ……제가 곡해한 겁니까? 마지막은 미담으로 마무리지었어야 할 얘기인가요?"

"아뇨. 사모님이 안 계시면 현재 요다 씨는 생활이 불가능해요. 절대로요."

"부인에 대해 군데군데 꽤 안 좋게 쓰여 있던데, 그런 부분도 그 부인이 '당신, 이렇게 생각하죠?'라고 물어가며 구술필기를 한 셈인가요?"

오노는 정말이지 어이가 없다는 듯이 물었다. T는 여느 때처럼 난감해하는 표정을 지었다.

"아마 그렇겠죠. 하지만 '대단히 큰 도움이 되었다'고 쓰여 있잖아요."

"그 부분도 너무 부자연스러워요. 요다 씨가 눈앞에 있는 부인을 배려해서 한 말인지, 부인이 마음대로 덧붙인 말인지, ……일단 남겨두긴 했습니다만."

오노는 한동안 페리에를 마시며 침묵했다. T도 커피를 마셨다.

"부인은 무슨 생각으로 요다 씨를 보살피고 있죠? 공원에서 '난 당신을 내버려둘 수 없어요'라고 말했다는 부분이 너무 뜻밖이에요. '사드 부인은 남편이 있는 감옥을 향해 탈옥하려 하는' 존재라고 했는데, 그게, ……"

"그렇지만 저는 이해할 수 있을 것 같아요."

"이해된다고요?"

"료코 씨에 대한 복수죠."

오노는 그 단호한 말투에 어안이 벙벙해졌다. T는 작가인 그에게 어떤 상황에서든 최대한 경의를 표하는 사람이었다. 그러나 지금은 여자의 입장에서, 그의 둔감함을 냉소적으로 비웃는 듯 보였다. 그래도 그는 T의 말이 옳은지 어떤지 알 수 없었다.

"그 자매를 예전부터 알고 있었습니까?"

"둘이 어떤 사이인지까지는, ……잘 몰랐어요."

약속시간에 맞춰 나타난 미치에 부인은 두 사람이 이미 음료를 다 마신 모습을 보고는 웃다 말고 표정을 굳혔다. 오노를 힐끗 보고 곧바로 T에게 "미안해요, 이렇게 시간 내달라고 해서"라고 말했다.

오노는 부인이 자신의 초고를 받아주지 않을 것이라고 예상하고 있었다. 아마도 화가 났을 것이다. 나름대로 요다의 심정을 헤아려봤지만, 그것이 부인의 뜻과는 맞지 않으리라 짐작되었다. 거절당하고, 이 이야기는 끝날 것이다. 오히려 그편이 더 개운하겠다는 생각까지 들었다.

그런데 요다 부인의 반응은 완전히 뜻밖이었다.

"오노 씨, 정말로 감사해요! 훌륭했어요! 남편도 아주 기뻐했어요."

오노는 무심결에 T를 힐끗 보았다. 부인은 그 눈짓을 민감하게 알아차렸다.

"어디 마음에 걸리시는 부분은 없었습니까?"

"아뇨, 이대로 발표해주세요."

읽지 않은 게 아닐까, 오노는 첫 만남 때처럼 생각했다. 요다도 기뻐했다는 말은 사실일까? 끝까지 직접 낭독해줬다는 말일까?

요다 부인은 그 말만 하고는 침묵을 못 견디겠는 듯 T와 요다의 희곡 해외 판권과 관련한 상의를 시작했다. 동그란 안경을 쓴 T는 턱에 매실 씨앗 모양 주름을 잡으면서 정성껏 대화에 응했다.

그들은 한 시간쯤 카페에 있었다. 그동안 오노는 입을 떼지 않았고, 요다 부인도 말을 걸지 않았다.

웨이터가 네번째로 커피잔을 다시 채워주러 왔을 때 슬슬 일어나자는 분위기가 되었다. 오노는 이때다 싶어 마지막으로 가장 의문스러웠던 점을 솔직하게 물었다.

"미치에 씨가 이 원고를 발표하는 의도는 뭡니까?"

요다 부인은 한순간 입매를 굳히며 눈을 휘둥그레 떴다. 그리고 웃음기 띤 얼굴과 달리 강한 어조로 말했다.

"내 의도 같은 건 없어요. 그저 남편에게 도움을 주고 싶을 뿐이죠. 전 어디까지나 남편의 중개인이에요. 재능이 넘치는 사람이잖아요."

오노는 잠시 그녀의 눈을 바라보았다. 그러나 끈기에 밀려 처음으로 먼저 눈을 돌리고 말았다. 문득 자신이 몹시 유치한 편견을 갖고 있었던 건 아닐까 하는 생각에 사로잡혔다. 가장 확실한 사실은 그녀가 요다를 보살피고 있다는 점이었다. 헌신적으로. 그리고 초고의 내용을 떠올리고 몇 군데 고쳐써야 하지 않을까 반성했다.

그는 작게 고개를 끄덕이고, 다시 한 가지 질문을 했다.

"요다 씨가 이 이야기를 직접 희곡으로 만드실 생각은 없나요? 구술필기는 가능하잖습니까?"

요다 부인은 이번에는 진심으로 놀란 듯이 활짝 웃으며, 주위에서 돌아볼 만큼 큰 목소리로 "가능할 리가 없잖아요, 그 사람이!"라고 외쳤다. 그러고는 곧 말을 이었다.

"실은 오늘 오노 씨에게 인사하고 싶다고 남편이 함께 와 있어요."

"와 계시다니, ……여기에요?"

"밑에 주차장에 있어요. 차 안에."

오노가 당황해하는 사이, T가 소리를 높였다.

"어머나! 저희를 불러주시지. 차에서 혼자 기다리신다고요?"

"괜찮아요. 오노 씨 시간이 된다면, 잠깐 만나주실 수 있을까요?"

"그거야, ……물론이죠."

지하 3층 주차장은 이미 해가 저문 지상과 또다른 어둠이었다. 벤츠가 주차되어 있었다. 뒷좌석에 사람 그림자가 보였다.

요다였다. 앞을 똑바로 보고 미동도 없이 앉아 있다. 오노는 마른침을 삼켰다.

부인이 문을 열고 그를 안듯이 부축해 내리게 해주었다. 오노와 T도 거들려고 했지만 그럴 여지가 없었다.

요다는 딴사람처럼 비쩍 마른 모습이었다. 재킷에 밝은 분홍색 셔츠를 입었는데, 평소 그의 취향처럼 보이지는 않았다.

"오랜만에 뵙겠습니다."

오노가 고개를 숙이자 요다는 불쑥 악수를 청하며 손을 내밀었다. 그리고 "고마워요. 건강해 보이네"라고 말했다.

요다의 공허한 눈동자가 미세하게 움직였다. 오노는 부인의 눈빛을 느끼며 애써 짧게 물었다.

"제 글이 충분했나요?"

요다는 진지하게 오노의 입가를 바라보다가, 그다지 기묘할 것 없는 뜸을 두고 말했다. "네. 고마워요."

오노에게 그 목소리는 역시나 멀게 느껴졌다. 한동안 침묵한 후, 오노가 무심코 물었다.

"요다 씨, ……지금 저를 만나 대화한 일이 분은 어느 정도로 느껴지십니까?"

T는 긴장한 얼굴이었지만 부인은 옆에서 웃고 있었다. 요다도 살며시 웃은 듯 보였지만 기분 탓이었을지도 모른다. 여윈 뺨을 조용히 끌어올리며 요다가 말했다.

"두 시간 정도요."

참고문헌

「불빛 호박」

『어두운 밤』 십자가의 성 요한 지음, 야마구치 여자카르멜회 개역, 돈보스코샤

「Re: 요다 씨의 의뢰」

『추도의 정치』 에른스트 윙거 지음, 가와이 마사히로 편역, 게츠요샤

『대리석 절벽 위에서』 에른스트 윙거 지음, 사가라 모리오 옮김, 이와나미쇼텐

『현상학과 정치』 오노 노리아키 지음, 고진샤

『슈톡하우젠 음악론집』 슈톡하우젠 지음, 시미즈 미노루 옮김, 겐다이시쵸샤

지은이 **히라노 게이치로**
1975년 아이치 현 출생. 명문 교토 대학 법학부에 재학중이던 1998년 문예지 『신조』에 권두소설로 전재된 장편 『일식』으로 제120회 아쿠타가와 상을 수상하며 데뷔했다. 장편소설 『달』 『장송』 『얼굴 없는 나체들』 『결괴』 『던』 『공백을 채우세요』, 소설집 『센티멘털』 『방울져 떨어지는 시계들의 파문』 『당신이, 없었다, 당신』, 그외 『문명의 우울』 『책을 읽는 방법』 『소설 읽는 방법』 등이 있다.

옮긴이 **이영미**
아주대학교 국문과를 졸업하고, 일본 와세다 대학 대학원 문학연구과 석사과정을 수료했다. 2009년 요시다 슈이치의 『악인』과 『캐러멜팝콘』으로 일본국제교류기금이 주관하는 보라나비 저작·번역상의 첫 번역상을 수상했다. 옮긴 책으로 『공중그네』 『불타버린 지도』 『화차』 『솔로몬의 위증』 『약속된 장소에서』 『라오스에 대체 뭐가 있는데요?』 등이 있다.

문학동네 세계문학
투명한 미궁

초판인쇄 2017년 11월 30일 | 초판발행 2017년 12월 15일

지은이 히라노 게이치로 | 옮긴이 이영미 | 펴낸이 염현숙
책임편집 양수현 | 편집 박아름 | 독자모니터 이지수
디자인 고은이 이원경 | 저작권 한문숙 김지영
마케팅 방미연 정진아 김혜연 | 홍보 김희숙 김상만 이천희
제작 강신은 김동욱 임현식 | 제작처 한영문화사(인쇄) 경일제책사(제본)

펴낸곳 (주)문학동네
출판등록 1993년 10월 22일 제406-2003-000045호
주소 10881 경기도 파주시 회동길 210
전자우편 editor@munhak.com | 대표전화 031) 955-8888 | 팩스 031) 955-8855
문의전화 031) 955-8896(마케팅) 031) 955-2684(편집)
문학동네카페 http://cafe.naver.com/mhdn | 트위터 @munhakdongne

ISBN 978-89-546-4940-7 03830

www.munhak.com